Voor al mijn geeks, meisjes én jongens,
waar jullie ook zijn.

Vrolijk Kerstfeest.

GEEK GIRL #1
(KNAP ANDERS!)

GEEK GIRL #2
BLUNDERT DOOR

GEEK GIRL #3
PERFECT PLAATJE

GEEK GIRL #4
GOUDEN BERGEN

GEEK GIRL #5
BEKENT KLEUR

HOLLY SMALE

GEEK GIRL

PAKT UIT!

GOTTMER
Haarlem

Oorspronkelijke titel: Geek Girl. *All Wrapped Up*
Oorspronkelijke uitgever: HarperCollins Children's Books, Londen

Voor het Nederlandse taalgebied:

Uitgeverij J.H. Gottmer / H.J.W. Becht BV maakt deel uit van de
Gottmer Uitgevers Groep BV
Vertaling: Margot Reesink
Omslagontwerp: Suzanne Nuis, Haarlem
Vormgeving binnenwerk: Rian Visser Grafisch Ontwerp, Haarlem

ISBN 978 90 257 6645 0
NUR 284, 285

www.gottmer.nl

uit·pak·ken
(overgankelijk werkwoord; pakte uit, heeft uitgepakt)
1. uit de verpakking halen; leegmaken
een cadeautje uitpakken, zijn koffer uitpakken
(onovergangelijk werkwoord; pakte uit, is/heeft uitgepakt)
2. aflopen
dat is/heeft goed uitgepakt (het is goed afgelopen)
verkeerd uitpakken (niet goed aflopen)
3. (figuurlijk) royaal voor de dag komen, veel werk maken om het gasten naar de zin te maken
groots uitpakken
4. zijn hart luchten
hij heeft uitgepakt

1

Mijn naam is Harriet Manners en ik ben gek op Kerstmis.

Je kunt merken dat ik gek op Kerstmis ben omdat ik half augustus al met de feestelijkheden begin.

Dat pak ik natuurlijk subtiel aan.

Hier een broche met engelenhaar, daar een levensgroot plastic rendier met een knipperende neus.

'*Harriet,*' zei mijn stiefmoeder dit jaar toen ik het de hal in reed.

'*Annabel,*' antwoordde ik en keek zo engelachtig als ik kon. 'Wist je dat de meeste mannetjesrendieren in de winter hun gewei kwijtraken? Dat houdt in dat Rudolf bijna zeker een meisje was. Vind je niet dat we daar het hele jaar door aan herinnerd moeten worden?'

Annabel lachte en zette het rendier weer in de schuur, net als mijn *Vrolijke Kattenkerst*-cd en de kaneelwierookstokjes die ik achter de radiatoren had verstopt.

Dus volgens mij was het antwoord *nee*.

In september bouwde ik een hindernisbaan van kerstkransjes na op het vloerkleed in de huiskamer en in oktober was ik druk bezig dikke lagen watten op alle vensterbanken buiten te leggen, zodat het leek of het net gesneeuwd had.

'*Harriet*,' herhaalde Annabel, dat betekende dat ik de hele maand november bezig was om het allemaal weer weg te halen.

Nu is het half december en mag ik eindelijk met de voorbereidingen voor het feest beginnen. Ik vind het zo spannend dat ik me net een blikje voel waarmee is geschud, alleen spuit er geen frisdrank uit maar kerstsfeer.

Ik heb een keurig lijstje gemaakt van mijn favoriete kerstdieren, mijn favoriete kersteten, mijn favoriete kerstliedjes en mijn favoriete kerstlijstjes.

Ik heb een cadeautjesplan met bijbehorende winkelkaart opgesteld en een gedetailleerde vragenlijst die ik op kerstochtend uitdeel zodat ik goed kan achterhalen of mensen hun cadeautjes *echt* leuk vinden.

In een Tudor-kookboek uit 1543 hebben mijn beste vriendin en ik een traditioneel recept voor *mince pies* gevonden en die hebben we nagemaakt. (Vervolgens hebben we ze allemaal weggegooid, want mince pies zijn tegenwoordig niet voor niets vegetarisch.)

Ik heb kerst-taartdiagrammen, kerst-PowerPoints, kerst-lijngrafieken en kerst-kruiswoordpuzzels gemaakt.

Ik heb zelfs een paar epische kerstruzies met mijn ouders gemaakt, want als je lacht om een brief die ik op mijn vijfde aan de Kerstman heb geschreven, snap je gewoon niet waar het om draait met de feestdagen.

En het allerbelangrijkste: ik heb versierd.

Doordat de school net voor de vakantie is dichtgegaan, begint mijn huis eruit te zien als iets waar de Kerstman alleen incognito op bezoek zou komen omdat hij zich kapot schaamt.

Ik heb alles be-kerstmist.

Ik heb mijn geluk niet onder stoelen of banken gestoken: ik heb beglitterd en beloverd, beglazuurd en beglinsterd. Ik heb befonkeld en een hele reeks feestelijke werkwoorden bedacht en in mijn schrijfblok opgeschreven.

Maar het maakt weinig verschil.

Want vier dagen geleden heeft een knappe jongen die ook model is, in een donkere tv-studio in het centrum van Londen mijn hand vastgehouden.

Ik heb Mijn Allereerste Zoen gekregen.

En nu maakt het niet uit hoeveel glans ik in het rond spuit, of hoeveel glitter ik verspreid: het voelt alsof ik alles van binnenuit aan het versieren ben.

Het glimmendste hier in huis deze kerst, ben ik.

2

Hier volgen wat andere belangrijke kerst-mijlpalen:

- *De allereerste Kerstpostzegel Kwam uit in 1962. Er stonden een Krans en twee Kaarsen op.*
- *De allereerste KerstKaart werd in 1843 verKocht. Daar stond een afbeelding van een wijn drinKend gezin op.*
- *Het allereerste Kerstliedje dat in de ruimte is gezongen, was 'Jingle Bells'.*

Niet dat ik één zoentje wil vergelijken met belangrijke kerstmomenten die de loop van de gehele menselijke geschiedenis hebben veranderd. Maar volgens mij weet ik hoe de uitvinders daarvan zich hebben gevoeld.

Misschien is de loop van mijn leven wel veranderd.

'En,' zeg ik blij tegen Nat, terwijl ik op de bank zit te stuiteren met een piepklein glitter T-rexje aan een lintje in mijn handen, 'gemiddeld besteden we twee weken van ons leven aan zoenen. Is dat niet fantastisch?'

'Mmm,' zegt mijn beste vriendin. Ze pakt de dino van me af, bekijkt hem fronsend en legt hem terug in de doos met versierspullen.

'Bovendien verbrand je met elke zoen wel drie calorieën,' deel ik haar mee, terwijl ik haar een girafje met groene glitter aangeef. 'Dat houdt in dat het twee keer zo productief is als slapen.'

'Wauw,' zegt Nat en ze bergt ook het girafje weer op.

'En uit onderzoek blijkt dat we ons negentig procent van de details van onze eerste kus herinneren.' Ik stuiter nog een paar keer op en neer, nu met een robot van aluminiumfolie. 'Hoewel dat in mijn geval best eens meer zou kunnen zijn.'

Meer dan negenennegentig procent.

Ik herinner me alles.

Ik herinner me nog hoe stil het was nadat iedereen ons ineens alleen liet in de televisiestudio, en de onverwachte blos op Nicks wangen toen hij tegen me zei dat hij me leuk vond.

Ik herinner me nog dat hij me in alles aan een leeuw deed denken: zijn grote, warrige bos haar en zijn kattenogen en een mond waarvan de hoekjes omhooggaan.

Ik herinner me nog dat hij diep ademhaalde toen hij naar me toe stapte.

De manier waarop hij mijn hele gezicht bekeek.

De manier waarop ik elke centimeter van het zijne bestudeerde.

Ik zie zijn neus nog voor me, die de vorm heeft van een skihelling. Ik ruik de vage limoengroene geur van zijn adem. Ik voel een donkere krul tegen mijn voorhoofd kriebelen en zijn warme, droge onderlip.

Ik voel mijn oren nog steeds kloppen, mijn wangen branden en mijn hart rondrennen door mijn borst als een hert op het ijs.

Ik voel het *echt* nog.

Misschien moet ik proberen om me niet zo veel te herinneren. Bij zoenen komt er plotseling dopamine en adrenaline in je lichaam vrij en bij mij is dat drieënhalve dag blijven zitten.

'Jeetje,' zegt Nat. Ze geeft me een saai gouden klokje aan en wijst streng naar de boom. 'Dat. Is. Geweldig.'

'Ik weet het.' Stralend kijk ik mijn beste vriendin aan. Nat is zo ongeveer de hele tijd hier geweest sinds De Zoen. Ze beweert dat ze me komt helpen met versieren, maar volgens mij weet ik wat er echt aan de hand is.

Ze wil voorkomen dat ik Iets Stoms doe.

Wat helemaal niet nodig is. Ik zou niet weten wat dat zou kunnen zijn.

'En,' vervolg ik ademloos, terwijl ik verrukt opkijk naar

de prachtige, glanzende kerstboom, 'onderzoekers zeggen dat vijf van de twaalf hersenzenuwen oplichten wanneer je iemand zoent. Je maakt dus letterlijk contact met de geest van een ander. Is dat niet het meest romantische wat je ooit hebt geho...'

'Oké,' zegt Nat kalm, en ze gooit een rode kerstboomslinger op de vloer. 'Nu is het genoeg.'

Ontzet kijk ik ernaar – en dan naar haar.

'Hoe bedoel je? Je bent nooit klaar met versieren, Natalie. Nooit. Dat is fysiek onmogelijk.'

Net als reizen in de tijd, of een reep chocola teruggeggen in de koelkast als de verpakking eenmaal open is.

'Nee,' zegt Nat, 'ik bedoel: genoeg over dat zoenen. Genoeg over Nick. Je moet ophouden met stuiteren terwijl ik al het versierwerk doe. Het is genoeg geweest.'

Pff. Nou, prima.

Ik heb zo veel adrenaline en dopamine in mijn lichaam dat er wat uitgelekt is en daardoor is mijn beste vriendin nu ook afgepeigerd.

'Sorry,' zeg ik, en gehoorzaam hang ik een zilveren bal aan een van de lagere takken. Nat heeft gelijk: terwijl ik zat te stuiteren heeft zij zo ongeveer de hele boom versierd. 'Het komt gewoon doordat... Het is allemaal zo perfect, Nat. Kerst, romantiek, mijn stap op weg naar een volwassen leven als kusbaar mens.' Stomverbaasd schud ik mijn hoofd. 'Het is echt de meest fantastische tijd van het jaar.'

Er valt een lange stilte.

Het soort stilte die je om een spar zou kunnen wikkelen, mocht je dingen met stiltes willen versieren.

Dan komt Nat naast me zitten en slaat haar arm om mijn schouder. 'Dat bedoelde ik niet,' zegt ze lief. 'Ik bedoelde: de tijd is voorbij.'

Want de belangrijkste reden waarom mijn beste vriendin niet van mijn zijde wijkt, is dat het nu bijna vier hele dagen geleden is sinds ik mijn eerste zoen heb gekregen.

En Nick heeft nog steeds niet gebeld.

3

Natuurlijk hou ik van regels.

Regels zorgen ervoor dat mensen niet frauderen bij examens, officiële formulieren niet invullen met potlood of tijdens een potje schaken de koning niet zomaar ergens neerzetten. Regels zorgen ervoor dat er op scholen niet wordt gerend in de gangen en dat er op de universiteit van Cambridge niet over het gras wordt gelopen. We zijn geen wilden.

Regels zorgen dat geeks als ik weten wat ze moeten doen en wanneer. En dat we anderen dan zover proberen te krijgen dat ze dat ook doen, al willen die dat eigenlijk niet.

Regels zorgen voor orde in de wereld.

Maar hoeveel ik ook van een mooie, duidelijke regel hou, sommige regels zijn duidelijk buigzamer en open voor interpretatie. Dat zijn, laten we eerlijk zijn, meer *suggesties*.

En volgens mij is de Drie Dagen-regel een richtlijn.

'Maar hij is maar zes uur te laat,' herinner ik haar. 'Het is nog niet eens zevenenzeventig uur en drieënvijftig minuten geleden.'

Ik kan het weten: ik heb mijn stopwatch aangezet.

'Harriet,' zucht Nat geduldig, 'als een jongen niet binnen drie dagen contact met je opneemt, dan doet hij het niet meer. Dat is de *wet*.'

Ik frons. 'In de Amerikaanse staat Georgia mogen kippen de weg niet oversteken: *dat* is een wet. In Oklahoma mag je na zeven uur 's avonds geen slapende ezel in je badkuip hebben: dat is ook een wet. Iemand bellen is niet wettelijk verplicht.'

Hoewel, als ik uit deze drie opties mocht kiezen, zou ik wel voor die laatste stemmen.

'Geen echte wet,' geeft mijn beste vriendin schoorvoetend toe. 'Maar het is een versierwet en iedereen kent hem.'

'Ik anders niet.'

Ze knikt alsof dat vanzelfsprekend was.

'Iedereen, *behalve* jij. En misschien een of ander Inuit-meisje dat de afgelopen twintig miljard jaar onder een berg ijs heeft zitten wachten op een idioot die maar niet belde.'

Ik lach. 'Ik ben bang dat de oerknal maar veertien miljard jaar geleden is, dus hij had wel een goed excuus – het heelal bestond nog niet.'

'Dat is dan ook het enige goede excuus,' gromt ze.

'Misschien kent Nick de regels ook niet,' vervolg ik,

zonder acht op haar te slaan. 'De gemiddelde telefoon is na elf weken al kapot. Er kunnen een heleboel redenen zijn waarom hij niet belt.'

'Vast,' zegt Nat duister. 'Misschien zijn z'n vingers eraf gehakt en aan een troep hongerige kerst-elfjes gevoerd.'

Ik schiet in de lach. Ik vind het heerlijk als mijn beste vriendin kwaad wordt en me in bescherming neemt. Net als Batman begint ze dan voor zich uit te staren en bedreigingen te mompelen.

Maar het werkt gewoon niet.

Hoe cynisch Nat ook doet, er gieren zo veel chemische liefdesstofjes door mijn lichaam dat ik me geen zorgen kan maken. Ik stuiter rond op mijn eigen aangeboren optimisme of het een zachte kerstmarshmallow is.

Ergens is het best grappig.

We wisten allebei dat er ooit een jongen voor een van ons op het toneel zou verschijnen. Alleen hadden we in de tien jaar dat we nu vriendinnen zijn nooit gedacht dat hij als eerste voor mij zou komen.

'Heb een beetje vertrouwen in de liefde,' zeg ik geruststellend. Ik spring op en dartel naar de schakelaar. 'Vertrouw op de magie van de feestdagen, Nat. Er gaat niets verkeerd. Het is Kerstmis.'

Grijnzend doe ik met een zacht klikje de kerstboomlampjes aan.

Dan hoor ik plotseling 'Komt allen tezamen'. Mijn telefoon gaat over.

4

Serieus.

Als beginnend model heb ik niets aan mijn voorspellende gaven. Nu ik zo griezelig goed de toekomst kan voorspellen, zou ik eigenlijk als helderziende moeten werken.

Hoewel de meesten, zo blijkt uit cijfers, iets achtenveertig uur van tevoren voorspellen. Ik zou dus niet de hoogste tarieven kunnen rekenen.

Ik steek mijn tong uit naar Nat en pak mijn telefoon van de leuning van de bank. Het is een geheimzinnig onbekend nummer en ik straal nu zo dat je bijna niet ziet wie er harder twinkelt, die T-rex of ik.

'Nick?' zeg ik met een stralende glimlach in mijn telefoon.

'Jammer genoeg niet, elfje van me. Hoewel ik er wel hard aan werk, alle glitterkipjes nog aan toe. Ik probeer net zulke krullen in mijn haar te maken als hij, maar dan word ik weer met mijn neus op de feiten gedrukt: ik heb helemaal geen haar.'

Nat zit volkomen hyper een *wie is het?*-gezicht te trekken, dus zeg ik geluidloos *Wilbur* tegen haar en probeer te negeren dat ze *zei ik het niet* doet met haar ogen. Een paar tellen voel ik mijn rotsvaste vertrouwen een beetje wankelen.

Vier dagen is eigenlijk best lang.

Ik had de helft van de Trans-Siberische spoorlijn al kunnen afreizen en al die tijd heeft de eerste jongen die mijn lippen heeft beroerd niets van zich laten horen.

'Wilbur, heb je een nieuw nummer?'

'Neeee, ik bel met de telefoon van het bureau, babykaneelsokje. Ik heb de mijne in de wc laten vallen. Dus toen kon ik alle communicatie wel door de plee spoelen, als je snapt wat ik bedoel.'

Dan barst mijn agent in tinkelend gegiechel uit.

'*Anywho*,' vervolgt hij, 'ik bel alleen om te vragen of je het nieuwe modecontract van Yuka Ito nog voor de feestdagen hebt gekregen. Dat is een ontwerper die niet graag wacht, zelfs niet op het kindje Jezus.'

'Jazeker,' antwoord ik. Ik trek een *kappen nu*-gezicht naar Nat, die met haar handen een pistool maakt en dat boos op een piepklein engeltje in de boom richt. 'Mijn ouders hebben het ondertekend. Alles is akkoord en het is op de bu...'

Plotseling hou ik op met praten.

Ooo. Ik krijg ineens een geniaal idee. Een geniaal, creatief en tegelijkertijd voor de hand liggend idee dat ik eeuwen geleden al had kunnen krijgen als ik niet druk bezig was geweest om een overdosis geluk en kerstsfeer te krijgen.

En om uitermate geestige kerstrijmpjes te schrijven.

'Wilbur, heb jij Nicks telefoonnummer? Zou je het misschien aan me willen geven?'

Nat houdt op met engelen beschieten en zet enorm grote ogen op. Ik moet ook zeggen: dit staat helemaal nergens in de regels van het daten. Dat heeft ze me ongeveer een miljard keer heel duidelijk verteld.

Het meisje mag nooit als eerste contact opnemen met de jongen. Echt *nooit*. Vooral niet als hij zo snel is verdwenen dat hij haar zijn nummer niet eens heeft kunnen geven, zodat ze hem sowieso al niet kon bellen.

'Het zijn geen regels,' sis ik voor de triljoenste keer tegen Nat, met mijn hand over de telefoon. 'Het zijn *richtlijnen*.'

'Lieve schat,' lacht Wilbur, 'als ik Nicks nummer aan ieder meisje gaf dat me belde, was ik zo ongeveer een telefoonboek. Bovendien is hij een van onze modellen, dus is het geheim.'

'O.' Ik voel dat ik weer een stukje in elkaar zak. 'Natuurlijk. Sorry. Nou, Vrolijk Kerstfe...'

'Maar omdat jij het bent... Ik heb pas een übergrappig

verhaal gehoord. Wil jij het ook horen? Heb je pen en papier bij de hand?'

Ik knipper een paar keer met mijn ogen.

'Eh,' zeg ik vaag en kijk hoe Nat nadrukkelijk een kerstkransje doormidden bijt. 'Prima?'

'Klaar?' Nadrukkelijk schraapt hij zijn keel.

'*Oo*, jeetje. Er waren eens *zeven* kleine jongetjes die *zeven* grote sneeuwpoppen maakten en *o*, je gelooft je oren niet, maar elke hand had *negen* vingers, dus...'

'Waar waren die van gemaakt?'

'Wat zeg je, konijnenkindje?'

'Waar waren de vingers van de sneeuwpoppen van gemaakt? Het kan geen sneeuw zijn, dat heb ik geprobeerd, maar die blijven niet zitten. En met stokjes of bezemstelen kun je wel armen maken, maar vingers zijn echt heel lastig.'

Het valt even stil en dan klinkt er een diepe zucht.

'Volgens mij begrijp je niet waar ik met dit verhaal naar toe wil, twinkeltoet. Misschien moet ik iets eenvoudigers proberen.' Wilbur schraapt zijn keel. '*O*, elk jaar met kerst stoppen *zeven* elven *zeven* sokken vol cadeautjes, maar er waren *nul* elven die meer dan *negen* cadeautjes konden inpakken...'

'Zeven elven?' onderbreek ik hem weer. 'Er leven naar schatting twee miljard kinderen op aarde, Wilbur. Zelfs met negen cadeautjes per elf is dat niet genoeg om...'

'O, alle plumpuddingvormen nog aan toe,' briest Wilbur. 'Wil je dit verhaal nog horen, popje, of wil je met Kerstmis liever je levensgrote teddybeer knuffelen?'

Ik snap er niets van. Hoe weet hij dat ik een teddyb...

Wacht even. *O. Zeven elven. Zeven sneeuwpoppen.*

Nul zeven zeven.

Ik geloof mijn oren gewoon niet. Mijn hemel. Wilbur is bezig me Nicks mobiele nummer te geven, maar ik heb het zo druk met hem corrigeren dat ik het niet eens merk. Mijn liefdesleven eindigt al voor het is begonnen doordat ik zo'n chronische betweter ben.

Ik ben een precieze idioot.

Zo snel als ik kan scheur ik de achterkant van een dubbele kerstkaart af. Hij is van oma Manners en op de voorkant staan rode strikken. Nou ja, hij was toch ooit een keer bij het oud papier geëindigd.

'Balen,' zeg ik en ik grijp één van Nats oogpotloden. 'Er waren negen cadeautjes, maar hoeveel vingers? Of waren het kousen?'

'Ik ben je al een sms'je aan het sturen,' zegt Wilbur verslagen. 'Zeg niet dat je het van mij hebt.'

Er gaat een golf van dankbaarheid door me heen.

'Hartstikke bedankt, Wilbur. Je bent een kanjer.'

'Als je dat maar in je elfenoortjes knoopt,' lacht hij.

'Fijne kerst, sneeuwsokje van me. En ga nu maar achter hem aan.'

5

En dat is ook precies wat ik van plan ben.

Er staat nog maar één obstakel tussen mijn bestemming, een romantische kerst, en mij in. En ze hangt op dit moment over me heen, met haar handen op haar heupen en er steekt een half kerstkransje uit haar mond.

Dat leidt behoorlijk af.

Nat ziet er net zo uit als onze kat Victor wanneer die terugkomt van een succesvolle jachtpartij in de tuin. Alleen is zij hyper van de suiker en de kleurstoffen en dus veel gevaarlijker.

'Dit,' zegt mijn beste vriendin kwaad en ze doet een stap naar me toe, 'is nu precies waarom ik al vier dagen aan je vastgeplakt zit, Harriet Manners.'

Ha. Ik zei toch dat ze daarom de hele tijd hier is.

'Natalie,' zeg ik snel. Ik hou mijn telefoon boven mijn hoofd terwijl het piepje weerklinkt dat betekent dat het sms'je is binnengekomen. 'Bleef Jane Bennet uit *Pride and Prejudice* zitten wachten tot Bingley haar belde? Nee. Ze ging onuitgenodigd naar zijn huis toe en deed alsof ze zijn zussen wilde bezoeken. Toen kreeg ze griep en is ze er weken gebleven, weet je nog?'

Nat fronst. 'Is *dat* je voorbeeld? Meen je dat nou?'

Ik schraap mijn keel. Oké, ze heeft een punt.

'En Lizzie Bennet dan?' vraag ik, terwijl ik snel mijn berichten open. 'Die wachtte toch ook niet af tot Darcy in actie kwam?'

'Nee,' zegt Nat en ze zet weer een stap. 'Ze ging door met haar eigen leven en begon toen maar iets met Wickham.'

Chippies. Dankzij een hele reeks goed gemaakte en accurate Hollywood-verfilmingen heeft ze opnieuw gelijk.

'Assepoester?' zeg ik wanhopig, terwijl ik naar het nummer prik dat Wilbur me heeft gestuurd. 'Die ging toch naar het bal zonder dat ze uitgenodigd was? Zij overtrad de regels en dat pakte allemaal ook goed uit.'

'Harriet,' zegt Nat en ze steekt haar handen in de lucht. 'Ten eerste: Assepoester is de minst coole sprookjesheldin die er ooit is uitgevonden. Ten tweede: jij overtreedt nooit regels. En ten derde: wil je wel met iemand praten als diegene niet met jou wil praten?'

Verbijsterd staar ik haar aan.

Natuurlijk wil ik dat. Ik wil de hele tijd met mensen praten die niet met mij willen praten.

Mijn beste vriendin kent me duidelijk *helemaal* niet.

En trouwens...

'Je hebt het mis,' zeg ik verward. 'Hij heeft het juiste moment afgewacht. En dat is nu. Kijk maar.'

Met een laatste vlaag zelfvertrouwen tik ik op *Bellen* en lach ik zelfvoldaan naar Nat als de andere telefoon twee keer overgaat.

Er klinkt een klikje.

'Hallo?' zegt een bekende, warme stem met een knauwerig Australisch accent. 'Met Nick.'

Het lijkt wel tovenarij.

Het zijn maar drie woorden en meteen komt ieder heerlijk romantisch moment van de afgelopen weken weer voorbij.

'Hoi Nick,' zeg ik vrolijk. In mijn binnenste begint er iets vol geluk te tollen, als een kerstbal vol glitter. 'Met mij.'

Dan blijft het zo lang stil dat ik tot me kan laten doordringen hoe belangrijk het is wat ik daarnet heb gedaan.

'Sorry,' zegt de jonge leeuw ten slotte. 'Met wie?'

6

De Engelse taal telt momenteel 1.025.109,8 woorden.

Op de combinatie 'Met wie' had ik nu net niet gerekend.

Ik heb zelf eigenhandig mijn naam en nummer in Nicks telefoon gezet. Hij heeft mijn gegevens de afgelopen vier dagen dus niet alleen niet gebruikt...

Hij heeft ze gewoon *gewist*?

'Met Harriet,' zeg ik dommig, terwijl Nat vol afgrijzen haar hand voor haar mond slaat. 'Harriet Manners.'

Noorse onderzoekers hebben de hypothese ontwikkeld dat Rudolf waarschijnlijk een rode neus had vanwege een luchtweginfectie door parasieten.

Afgaand op hoe hevig ik bloos en hoe ik plotseling buiten adem ben, denk ik dat ik de Kerstman de komende jaren heel veilig door het donker kan leiden.

'We hebben een paar dagen geleden gezoend,' zeg ik tegen de ijzingwekkende stilte, en in paniek voeg ik daaraan toe: 'Nu we het toch over zoenen hebben, wist je dat het woord *mistletoe* van het oud-Engelse *mistletan* komt, dat *poeptwijg* betekent, omdat mistletoe zichzelf verspreidt via vogelpoep die op boomtakken terechtkomt?'

Nats ogen zijn inmiddels zo groot dat het lijkt of ze er elk moment uit kunnen vallen en dan onder tafel kunnen rollen.

Poeptwijg? zegt ze geluidloos.

'En,' vervolg ik, in elkaar krimpend, terwijl ik me omdraai en mijn warme voorhoofd tegen de muur leg, 'vind je het niet gek dat een hele romantische traditie gebaseerd is op een parasitaire plant die het voedsel van een andere plant afneemt? Wat zegt dat over de liefde, denk je?'

O mijn god. Ik kan niet meer ophouden met praten.

Ik blijf praten en wanneer het hele huis door de hitte van mijn wangen in brand vliegt en instort, zit ik hier nog steeds wartaal uit te slaan over parasieten.

Echt, ik heb in mijn leven al een heleboel romantische monologen gelezen, maar geen enkele daarvan is met poep begonnen.

'Hoewel', ratel ik verder, wanhopig en vol afgrijzen, 'mistletoe eigenlijk uit een Noorse legende komt en de witte besjes...'

'Hou maar op, Harriet,' lacht Nick. 'Ik geloof nu dat jij het bent. Ik heb geen verder bewijs nodig. Waar komt dit gesprek ineens vandaan?'

'Uit Engeland. Uit onze huiskamer.'

Ik ben zo ongeveer door de grond gezakt, maar dat hoeft hij niet te weten.

'Dat is een heel letterlijk antwoord.' Weer lacht hij. Er klinken knisperende eetgeluiden. 'Ik sta in de keuken te lunchen met ontbijtgranen omdat ik blijkbaar niet voor mezelf kan zorgen.' Ik hoor hoe er krakend met een doos cornflakes wordt geschud. 'Enne... is er iets mis?' vraagt hij.

Ik knipper met mijn ogen en bons zachtjes met mijn hoofd tegen de muur.

'Eh... sorry?'

'Omdat je belt.' Meer geschud. 'Is er iets mis?'

Mijn god, het wordt alleen maar erger. Ik bel totaal ongelegen en totaal onverwacht – er is vast iets mis in het universum.

'Nee, hoor. Ik wilde alleen maar...' Ik schraap mijn keel. 'Ik wilde alleen maar even hallo zeggen, verder niet. *Hallo*, dat zeggen mensen nu eenmaal als ze elkaar begroeten. Dus eh... hallo.'

Ik hoor Nat achter me een vernederd gilletje slaken. Als er *iets* romantisch is dan is het wel praten over poep en drie keer achter elkaar *hallo* zeggen.

'Nou eh... hallo dan.' Er wordt voor de derde keer met cornflakes geschud en zelfs door mijn verpletterende schaamtegevoel heen sta ik versteld van de hoeveelheid vezels die deze jongen nodig heeft. 'En, heb je een beetje zin in vanmiddag?'

Dit gesprek wordt hoe langer hoe raarder. Of ik zin heb in vanmiddag?

Natuurlijk heb ik dat.

Over zes dagen is het Kerstmis. De middag nadat we de kerstboom hebben versierd, proberen Nat en ik traditiegetrouw mijn hond een kerstmannenpakje aan te trekken en proberen we te zorgen dat mijn vader dat juist niet doet.

'Ja-ha?' antwoord ik langzaam. 'En jij?'

'Nou en of.' De vierde portie cornflakes. 'Voor mij is dit de ideale tijd van het jaar voor een date.'

7

Hier komt het laatste weetje over Rudolf.

Het doet er niet toe dat ze eigenlijk een vrouwtje is. Vergeet maar dat ze waarschijnlijk een potentieel gevaarlijke luchtweginfectie onder de leden heeft.

Onderzoekers hebben uitgerekend dat ze, als ze al de lucht in zou komen, zo snel zou moeten vliegen om met kerst de wereld rond te zijn, dat ze binnen 4,26 seconden zou verdampen.

Ik voel echt met haar mee.

Vijf minuten geleden was ik zo gelukkig als een mens maar kan zijn, en nu val ik in een grote, vernederde vuurbal pijlsnel naar de aarde.

Heeft Nick een date?

Geen wonder dat hij niets van zich heeft laten horen: hij heeft mijn nummer gewist, hij is vergeten dat ik besta en is een epische feestdagenromance met een ander meisje aan het regelen.

Daarom moet ik me dus altijd aan de regels houden.

'E-een date?' weet ik eindelijk uit te brengen. 'Je bedoelt een afspraakje? Of het insectenwerende middel

Deet dat in de Tweede Wereldoorlog door het Amerikaanse leger is ontwikkeld?'

Ik heb geen idee waarom ik dat zei. Hij bedoelde vast niet dat je eind december echt een sterk ruikend middel tegen muggen en teken nodig hebt.

Er klinkt luid gelach.

'Nee, ik bedoel echt zo'n afspraakje uit een zwart-witfilm, met mensen die steentjes tegen elkaars ramen gooien en liedjes zingen in het maanlicht. Vind je dat goed?'

Goed, ik neem het terug. Kerst is helemaal niet de meest fantastische tijd van het jaar.

Er is officieel geen bal aan, aan Kerstmis.

Snel, zorg dat je nog iets van je waardigheid overhoudt, Harriet.

'Natuurlijk vind ik dat goed,' zeg ik scherp. 'Mijn belangrijke date van morgen wordt ook superromantisch. Waarschijnlijk met... kaarsen. En bloemen. En... eh... kaarsen in de vorm van bloemen. En kaarsen met bloemen erop. En erin.'

Ik ben dus duidelijk nog nooit in mijn leven uit geweest met een jongen.

En een kaars heb ik waarschijnlijk ook nog nooit gezien.

'Heb je morgen een date?'

Zo verbaasd hoeft hij nu ook weer niet te klinken. 'Natuurlijk, Nicholas. Het is kerst. De tijd van romantiek. Hij heet...' Wanhopig kijk ik de kamer rond. Mijn hond Hugo zit stilletjes in de hoek onder de boom op de fee te kauwen die er bovenin hoort. Victor de kat zit met onverholen walging naar hem te kijken. 'Hij heet... eh... Hugo. Victor Hugo.'

Opnieuw slaakt Nat een kreetje van afgrijzen.

'Alleen niet de Victor Hugo die *Les Misérables* heeft geschreven,' verduidelijk ik haastig. 'Iemand anders. Die ook lang niet zo dood is.'

'Aha.' Nick schraapt zijn keel. 'Nou, dat is... cool. Als je vanmiddag wilt uitstellen of afzeggen, laat het dan even weten.'

Plotseling word ik spinnijdig.

Het is zo typisch, weet je.

Rond de feestdagen zoent een jongen je. Dan laat hij vier dagen niets van zich horen. Dan moet jij *hem* bellen en vertelt hij dat hij een date heeft. En dan heeft hij het lef om zich te bemoeien met jouw plannen voor die middag, terwijl je allang...

Wacht even.

'Vanmiddag afzeggen? Nick, wat... hoe... chippies, waar heb je het over?'

'Onze date. Jij en ik, weet je nog?' Weer is het even stil. 'Jeetje, Harriet. Ik ga me nu wel zitten afvragen of ik wel lekker zoen.'

Wat?

Zo snel als ik kan pijnig ik mijn hersens, op zoek naar een gesprek dat ik misschien zonder het te weten de afgelopen vier dagen met Nick heb gevoerd. Ben ik dan zo'n date-tijger dat ik er een heb geregeld zonder dat ik me er echt bewust van was?

'Maar... we hebben elkaar helemaal niet gesproken sinds ik je voor het laatst heb gezien.'

'Nou, nee,' zegt hij langzaam. 'Omdat je zei dat je niet graag belt. Maar we hebben elkaar veel ge-sms't en alles geregeld, en... jij... zei...'

Langzaam valt hij stil.

'Wat zei ik dan?' Ik wil het echt graag weten. 'Wat heb ik gezegd?'

'Je schreef vaak ROFFL,' besluit hij toonloos. 'Met twee *ff*-en. En LOLZ. En je schreef *ff* voor *even* en *w8en* in plaats van *wachten*. O, mijn god. Je heette Hunnygirl en je profielfoto was een paar roze pumps. Met wie heb ik in vredesnaam zitten chatten?'

En dan – alsof er een engelenkoor ineens in gezang is uitgebarsten – valt alles op zijn plaats.

Na mijn allereerste zoen zijn mijn handen vast zo zweterig en bibberig geweest dat ik een tikfout heb gemaakt en het nummer van een wildvreemde in zijn telefoon heb gezet. Want zulke idiote dingen doe ik nu eenmaal.

En supermodel Nick heeft natuurlijk een geweldige profielfoto: ik kan het haar niet eens kwalijk nemen dat ze het heeft geprobeerd.

De allergrootste kerstboom ter wereld staat in Rio de Janeiro. Hij is 85 meter hoog en drijft op de Rodrigo de Freitas-lagune.

Als ik me langzaam weer omdraai naar Nat, denk ik dat die boom een zware dobber aan me heeft.

Ik glim meer en ik ben meters gegroeid.

'Dus ik zie je vanmiddag?' verduidelijk ik, terwijl Nat zo zachtjes mogelijk met haar armen in de lucht op en neer begint te springen.

'Hopelijk wel,' lacht Nick. 'Plus misschien nog iemand, die we niet kennen, maar die pijnlijke voeten heeft en de neiging tot afkorten. Ga je mee?'

Nat en ik geven elkaar de stilste high five die er in de geschiedenis van de high fives ooit is uitgedeeld en dan begint ze de huiskamer door te dansen.

Ik keer terug naar mijn telefoon. Alle 3,3 miljoen kerstboomlampjes in mijn binnenste branden nu.

'Absoluut. We hebben een date.'

8

Hier volgen een paar voorbeelden van de manier waarop Kerstmis op andere plekken ter wereld wordt gevierd:

- In Oekraïne worden kerstbomen versierd met spinnenwebben.
- In Scandinavië zetten mensen in plaats van een schaal koekjes een bord pap neer voor de Kerstman.
- In Groenland eten ze kiviak, een ontbindende vogel die in zeehondenhuid is gewikkeld en maandenlang onder stenen is begraven.
- In Italië worden de cadeautjes afgeleverd op een bezemsteel.
- In Servië binden kinderen hun vaders op de zondag voor Kerstmis net zo lang vast tot ze hun cadeautjes krijgen.

Dat laatste vind ik een fantastisch idee. Dat zouden we in Engeland ook moeten doen, volgens mij.

En dan hoef ik niet eens cadeautjes.

'Harriet,' vraagt mijn vader, wanneer Nat en ik zo snel als onze benen ons kunnen dragen de trap op rennen, 'waarom ging het hulpje van de Kerstman naar de dokter?'

'Nou, vertel,' zeg ik verstrooid, terwijl hij meeloopt naar mijn kamer. Nat houdt een rendiertrui omhoog, trekt dan om onverklaarbare redenen een gezicht of ze moet overgeven en gooit hem op de vloer.

'Omdat hij zo weinig *elf-vertrouwen* had.' Pap slaat dubbel van het lachen. 'O, en Harriet?'

Nat laat zich plat op de grond vallen en begint op de vloer mijn verzameling gympen en slippers te doorzoeken.

'Wat is er, pap?'

'Harriet, hoe regelt een sneeuwpop zijn vakantie?'

Ik ben haastig alle broeken die ik heb uit een la aan het trekken: spijkerbroeken, broekrokken, korte broeken, leggings. De onderste helft van een harig koalapak dat ik in groep acht heb gemaakt en waar ik zorgwekkend genoeg nog steeds in pas.

'Ik weet het niet,' zeg ik. Nadrukkelijk legt Nat de koala weer in de kast.

'Hij boekt iets bij een *ijs-bureau*,' verklaart pap en hij gaat nog luider grinniken. 'En wat eet de Kerstman op brood? Misschien zijn dat wel sneeuwvlo...'

'Pap.' Serieus. Op 1 december verandert mijn vader

in een wandelende moppentrommel. Dit is de slechtste gedaanteverandering in de geschiedenis van de gedaanteveranderingen. 'Ik heb het een beetje druk op het moment.'

Volgens de stopwatch op mijn telefoon, die ik opnieuw heb ingesteld, moet ik over drieënvijftig minuten de deur uit voor mijn Eerste Date Aller Tijden.

Geheel in kerstvakantiesfeer heb ik mijn pinguïnpyjama al dagen niet uitgetrokken. Ik zit onder de hondenharen omdat ik extra veel tijd heb om Hugo te knuffelen en er zitten stukjes *mince pie* in mijn haar.

Bovendien, besef ik als ik een blik in de spiegel werp, zit er nog steeds poedersuiker in mijn wenkbrauwen van de koekjes die ik gisteren heb gebakken.

Je kunt veel over mijn natuurlijke elegantie zeggen – hoewel niemand dat ooit doet – maar zo langzamerhand begin ik op mevrouw Griezel te lijken. Ik moet duidelijk aan de slag.

En snel ook.

'Maar Harriet,' zegt pap, die nog steeds tegen de deurpost geleund staat, 'ik vraag me toch af welke nationaliteit de Kerstman heeft. Is hij misschien een Noord-Po...?'

'Wat is er aan de hand?' vraagt Annabel, terwijl ik paps zin afmaak door mijn hand op zijn borst te leggen en hem letterlijk de kamer uit te duwen. 'Ik ga dat moppenboek weggooien, Richard. Je verpest Kerstmis voor iedereen.'

Dan leunt mijn stiefmoeder nieuwsgierig mijn kamer in. Haar ronde zwangere buikje steekt nu onmiskenbaar uit. We hebben enorme lol gehad door haar aan het lachen te maken en haar buik vervolgens te vergelijken met een schaaltje drilpudding.

Eigenlijk vatte ze dat heel goed op.

'Harriet,' zegt ze kalm, met haar hoofd tegen de deurpost, 'waarom ben je je slaapkamer aan het afbreken? En hallo, Natalie. De kerstboom is prachtig geworden – hij ziet er heel traditioneel uit. De zelfgemaakte kartonnen nijlpaardjes zijn nadrukkelijk afwezig, dus ik vermoed dat jij het meeste hebt gedaan.'

'Bedankt, Annabel.' Nat onderbreekt haar zoektocht om een vel papier te bestuderen. 'Ik wil je wel een knuffel geven, maar we hebben zo veel te doen.'

Eerlijk gezegd heb ik geen tijd om me zorgen te maken over deze kleinerende opmerking over mijn kerstversierkwaliteiten. Nadat Nick en ik afscheid hadden genomen, zijn Nat en ik meteen het internet opgegaan en hebben we 'Tips voor een succesvolle date' gegoogeld.

Mijn beste vriendin mag dan de coolste persoon zijn die ik ken, dit is voor ons allebei onbekend terrein. We hadden net zo goed op Pluto kunnen landen.

Tenminste, als Pluto een planeet was met zo op het oog nogal strenge regels over de kleur lippenstift die je moet dragen als je niet te wanhopig wilt overkomen.

Blijkbaar is het een enorm lange lijst.

'Veel te doen? Hoezo?' vraagt Annabel fronsend. 'Waar moeten jullie zo snel heen?'

'Nou,' zeg ik en ik kijk mijn beste vriendin nadrukkelijk aan. Op dit soort belangrijke momenten boffen we maar dat we zo'n perfect koppel zijn. Als hulst en dennentakken, als kerstbrood en roomboter, of spruitjes en de vuilnisbak. 'Het leek ons leuk om naar de biosco...'

'Harriet heeft een date!' jubelt Nat en ze gooit mijn paarse sok de lucht in alsof het een soort feestelijk vuurwerk is. 'Een echte date! Met een echte jongen! Een levende! Die ook ademhaalt! Vanmiddag! In Londen! Joepie!'

Dan steekt ze triomfantelijk haar hand op om me nog een high five te geven. Bedroefd schud ik ernaar met mijn hoofd.

Want wanneer mijn lieve maar o zo strenge stiefmoeder fronst en de lijst uit de handen van mijn hysterische beste vriendin grijpt, vraag ik me af of het eigenlijk wel zin heeft om me aan te kleden.

Ik ga toch nergens heen.

9

Oké. Misschien moeten Nat en ik nog wat aan onze telepathische gaven werken. Dat bordspel waarbij je elkaars gedachten leest en dat ze van mij de hele zomer moest doen, heeft duidelijk niet geholpen.

Annabel bekijkt de lijst die we hebben opgesteld.

Ze bekijkt ons, zoals we daar op de vloer zitten in een ontplofte berg van bijna alles wat ik bezit (ik heb ook een paar geschiedenis- en aardrijkskundeboeken tevoorschijn gehaald, gewoon als extraatje).

Dan geeft ze de lijst aan mijn vader. 'Wat vind jij hiervan?'

Met gefronst voorhoofd bekijkt pap het papier. Hij heeft ook suiker in zijn wenkbrauwen zitten en hij heeft niet eens meegeholpen met bakken.

<u>Hoe krijg je de perfecte date?</u>

- Zoek van tevoren een aantrekkelijke outfit uit en zorg dat je voldoende hebt geslapen!
- Google hem vóór jullie date! √

- *Betover hem met informatie over hemzelf en gebruik zijn volledige naam, zo creëer je een intieme sfeer!*
- *Lach om al zijn grapjes en zoek een reden om hem subtiel aan te raken!*
- *Geef hem complimentjes en zoek iets wat jullie gemeen hebben!*
- *Steel zijn hart door twee seconden weg te kijken (zie afbeelding)!*
- *Ga lekker lang in bad voor je op pad gaat!*

Het spreekt volgens mij voor zich dat ik een van deze punten al een tijdje geleden heb afgevinkt. De rest kan nog een uitdaging worden, aangezien we het over mij hebben, maar ik wil absoluut doen wat ik kan.

'Hoe kom je hieraan?' vraagt pap, die weer naar ons kijkt. 'Annabel, wat voor soort boeken hebben we hier in huis?'

Mijn stiefmoeder trekt haar wenkbrauwen op. 'O, dat komt vast uit dat handboek uit de jaren vijftig dat ik er altijd op nasla: *Hoe word ik een Goede Echtgenote?*.'

Ze kijken elkaar een paar seconden aan.

Dan slaan ze allebei dubbel van het lachen en geven elkaar een boks.

'Par-don,' zeg ik verontwaardigd. Ik sta op en zet mijn

handen in mijn zij. 'We hebben anders een geldige en accurate lijst samengesteld aan de hand van verschillende internetsites voor vrouwen. Jullie zijn gewoon te oud, jullie weten niet meer hoe het tegenwoordig gaat, daten.'

'Daar heb je waarschijnlijk gelijk in,' stemt Annabel in, met nog altijd wijd opengesperde neusgaten. 'Toen wij aan het daten waren, was het spannendste wat er gebeurde dat je door een dinosaurus achterna werd gezeten.'

'Wat was die brontosaurus altijd vervelend, hè?' zucht pap hoofdschuddend. 'Die kwam met zijn enorme stekels altijd precies voor ons zitten als we een film wilden zien.'

'Je kon niet eens romantisch samen spaghetti eten zonder dat een pterodactylus je gehaktballetjes eruit pikte.'

'En probeer jij maar eens een balkon op te klimmen zonder dat er een diplodocus aan je oor staat te likken.'

'De tijden zijn echt veranderd.'

Ik staar hen beiden aan. Ik weet genoeg van de geschiedenis van de aarde om te beseffen dat ze een grapje maken, maar ik weet ook zeker dat humor om te lachen moet zijn.

Iemand moet ze dat echt een keer vertellen.

'Ten eerste,' zeg ik verontwaardigd, 'hadden brontosaurussen helemaal geen stekels. Jullie bedoelen een stegosaurus. Ten tweede waren pterodactylussen geen dinosauriërs. En ten derde: jullie mogen blij zijn dat jullie elkaar hebben gevonden, want ik vraag me eerlijk gezegd af of iemand anders jullie had willen hebben.'

'Daar gaat het toch juist om?' lacht Annabel, terwijl pap door de kamer vliegt en een geluid maakt dat waarschijnlijk moet lijken op dat van de prehistorische voorvader van de kip.

Dan verfrommelt ze de lijst tot een stevige prop.

Nat en ik kijken elkaar ontzet aan.

'Harriet,' zegt Annabel dan ferm. 'Je hoeft niet te zorgen dat een jongen je leuk vindt met bepaalde kleding of doordat je bepaalde dingen zegt. Je hoeft er niet leuk uit te zien en je hoeft niet te zorgen dat een jongen zich goed voelt.'

Ze gooit het papier in de prullenbak.

'Wat je wel moet doen,' vervolgt ze, 'is jezelf zijn. En als hij je leuk vindt dan mag hij misschien blijven – heel misschien, en alleen als jij *hem* ook leuk vindt. Is dat duidelijk?'

Nat staart Annabel aan alsof die een helderwit, alwetend licht uitstraalt, en ik snap wel hoe dat komt. Het is een beetje of Merlijn je stiefmoeder is.

Als Merlijn een krijtstreeppakje en witte pluchen sneeuwpop-pantoffels aanhad.

'Ja,' zeg ik vol ontzag. 'Superduidelijk.'

'Zie je wel, ik had gelijk toen ik om jou met die triceratops vocht,' zegt pap trots en hij legt zijn arm om haar heen. Dan kijkt hij me met opgetrokken neus aan. 'Hoewel dat bad wel een goede tip was. Harriet, ik hou van je, maar wanneer heb je voor het laatst gedoucht?'

Ik kijk naar beneden. Er zit een vlokje havermout op een van de pinguïns op mijn pyjama.

Dan kijk ik verrast weer op.

'Wacht eens...' Het kwartje is gevallen. 'Houdt dat in... Mag het van jullie?'

Annabel en pap kijken elkaar aan.

'Wat vind jij?'

'Ik vind dat het Kerstmis is,' zegt pap nadenkend. 'Ik vind het een heel romantische tijd van het jaar. Ik vind Nick heel knap en als we zeggen dat het niet mag denk ik dat ze haar slaapkamerraam uit klimt.'

Ik voel dat ik hevig begin te blozen.

Misschien ben ik niet het meest sportieve meisje ter wereld, maar ze zouden voor deze ene keer best eens gelijk kunnen hebben: het is overduidelijk dat ik heel graag wil.

Dat hoeven ze alleen niet te zeggen waar ik bij ben.

'Prima,' knikt Annabel. 'Je zorgt dat je je telefoon te allen tijde bij je hebt. Je stuurt een sms'je wanneer je er bent en wanneer je weer naar huis komt. En je bent om klokslag acht uur thuis, anders zit je zwaar in de problemen. Afgesproken?'

Ik plet haar en mijn ongeboren broertje of zusje bijna als ik haar dankbaar omhels.

Ik ben zooo dol op deze tijd van het jaar.

'Afgesproken.'

10

Waar we op mijn allereerste date aller tijden naartoe gaan, schijnt een grote en superromantische verrassing te moeten worden.

Daar was Nick heel duidelijk over.

'Ik vertel niet waar we naartoe gaan,' zei hij toen ik ernaar begon te vissen. 'Als je maar niet vergeet om handschoenen mee te nemen, oké?'

'Oké,' stemde ik in en ik stelde verder geen slimme vragen. Vooral omdat dat niet nodig was: we gaan naar het Science Museum.

Hoe ik dat weet?

Omdat we hebben afgesproken in de voetgangerstunnel van metrostation South Kensington en daar stappen mijn vader en ik al tien jaar in en uit. Toen ik acht was stuurde ik het museum zo veel moeilijke brieven dat ze me een levenslang abonnement hebben aangeboden om mijn enthousiasme te belonen.

En misschien ook om op portokosten te besparen.

Bovendien verraden die handschoenen alles. Meer dan tachtig procent van alle besmettelijke ziekten wordt via aanraking overgebracht en interactieve tentoonstellingen zijn ontzaglijk populair bij kleine kinderen. Ik heb speciaal een paar blauwe rubberen handschoenen van school geleend.

En ik hou niet van verrassingen.

Nick moet duidelijk nog een boel over me leren.

Dat ik precies weet wat de romantische plannen inhouden, betekent niet dat ik niet nerveus ben. Wanneer ik bij het station aankom, tril ik zo hevig dat ik praktisch sta te vibreren.

Het voordeel is dan wel weer dat ik warm ben geworden.

Ik heb heerlijk warme winterkleren aan, maar om half vier 's middags begint het al donker te worden en het is echt ijskoud. Na lang wikken en wegen, hebben Nat en ik mijn favoriete kersttrui gekozen (rood, met op de voorkant een reusachtige tak hulst van groene lovertjes), een zwarte legging met wollige voering, hoge schoenen, rode sokken en een rode wollen muts met een pompon en wanten.

'Moet je horen,' merkte mijn beste vriendin vol medeleven op toen ik ten slotte mijn rode wollen jas met capuchon aantrok, 'als Nick glamour wou, had hij wel iemand anders mee uit gevraagd, of niet soms?'

Maar dat bedoelde ze vast aardig.

Het enige probleem is nu dat ik, dankzij een combinatie van kou, nervositeit, enthousiasme, kleren, haar en de onverwachte warmte in de Londense metro feitelijk van top tot teen knalrood zie.

En wanneer ik bibberend van angst uit de metro stap en het perron van South Kensington op wankel, denk ik dat ik langzamerhand ook nog groen begin te worden. Onderzoekers aan de universiteit van Cambridge denken dat de traditionele kerstkleuren rood en groen afkomstig zijn uit Keltische verhalen die vele eeuwen geleden al werden verteld.

Theologen zijn het daar niet mee eens.

Maar goed, doordat ik het veel te warm heb en bijna heb overgegeven op de roltrappen zie ik er zo feestelijk uit als menselijkerwijs mogelijk is.

Nog steeds trillend kom ik angstig een kwartier te vroeg het metrostation uit. Ik sla rechtsaf en loop de voetgangerstunnel in richting de museumuitgang.

Ik ken deze wandeling op mijn duimpje.

Ik ken de kale, grijs-gele bakstenen en de kleurige vlinderposters en de ronde bogen boven mijn hoofd. Ik ken de cementen vloer en de rij felle lampen in het midden. En ik weet precies waar alle afslagen zijn.

Ik weet dat de tunnel in 1883 na een succesvolle visserijtentoonstelling is aangelegd en dat je één penny tol moest betalen om erdoorheen te mogen lopen.

Wat op dit moment van geen enkel nut is.

Het enige wat ik zie is Nick.

Terwijl ik langzaam doorloop, zie ik voor me hoe ik hem heb ontmoet, onder een tafel bij de Clothes Show Live. En dat het eerste wat ik tegen hem zei, was dat je in Singapore geen kauwgum mag kauwen.

Ik zie voor me hoe ik die middag op de stoep voor het modellenbureau met mijn handen voor mijn gezicht zat te hyperventileren.

Ik zie voor me hoe ik vroeg of hij aan mijn handen wilde ruiken.

Ik zie voor me hoe ik in een rolstoel de shoot op het Rode Plein op kwam rijden en hoe ik op de landelijke televisie ruzie met hem maakte over Winnie de Poeh.

Ik zie ons telefoongesprek van drie uur geleden voor me.

Kortom, hoe dichter ik bij Nick kom, hoe meer ik besef dat ik altijd voor gek sta als hij erbij is. Elke keer weer.

Echt. Zonder uitzondering.

Ook al is dat statistisch heel onwaarschijnlijk, en ook al zou je denken dat ik in ieder geval van een *paar* van mijn fouten heb geleerd.

Met elke stap die ik zet, zie ik steeds weer hoe stom ik me heb gedragen en ik moet al mijn moed bij elkaar schrapen, anders zou ik mijn rode muts over mijn gezicht trekken en terugrennen naar dat grote familieblik chocolaatjes dat ik dus echt niet met mijn familie ga delen.

In plaats daarvan haal ik zo diep mogelijk adem.

Bibberig blaas ik uit en kijk hoe mijn adem voor me in de koude lucht blijft hangen.

Ik herinner mezelf eraan dat we al gezoend hebben, dus de kans dat hij het uitschreeuwt van schrik als hij me ziet is in ieder geval iets kleiner geworden.

Met mijn handen tot zweterige vuisten geklemd in mijn wanten ga ik voor een straatmuzikant staan. Hij zit op de grond in de tunnel met een heleboel mensen om zich heen en speelt 'White Christmas' op een oranje verkeerskegel alsof het een trompet is. Het werkt verrassend kalmerend.

Ik hoef alles alleen even op een rijtje te zetten.

Een paar tellen om mijn handpalmen te drogen, langzamer te gaan ademen en op het internet te zoeken naar 'Hoe kom ik op het laatste moment onder een date uit'.

Maar het probleem is: ik blijf Nick zien.

Ik zie nog steeds grove, warrige krullen en amandelvormige ogen, een bruine huid en een moedervlekje op zijn linker jukbeen. Ik zie nog steeds de skischans van zijn neus en zijn puntige leeuwentanden en die te grote mond die zijn gezicht in tweeën splijt als hij glimlacht.

En wanneer een lange jongen in een grote grijze legerjas vooraan in het publiek zich omdraait en direct naar mij grijnst, bedoel ik dat nu letterlijk.

Nick steekt zijn hand op en lacht nog iets breder.

Mijn hoofd is meteen leeg.

Ik denk niet dat ik vandaag nog iets op een rijtje krijg.

11

De jonge leeuw baant zich door het publiek heen een weg naar me toe.

Hij lacht nu zo breed dat zijn ogen stralend samenknijpen. Wat wel klopt, want iets dergelijks gebeurt er momenteel ook met de inhoud van mijn ribbenkast.

'Hoi,' zegt hij zodra hij zich verstaanbaar kan maken boven het geluid van de trompetspeler. Zijn lach wordt nog stralender. 'Wat een timing.'

Mijn handen zweten, mijn maag draait zachtjes rondjes als de kop van een varken aan het spit en in mijn keel voel ik een allesoverheersende paniek opkomen. Ik was vergeten hoe knap deze jongen eigenlijk is en wat voor effect hij precies op mijn hartslag heeft.

De laatste keer dat Nick en ik bij elkaar waren, stonden we te zoenen.

Dus wat doen we nu? Zoenen we meteen weer? Geven we elkaar een boks? Een knuffel? Buigen we? Steken we onze tong naar elkaar uit, wat ze in Tibet doen, of ruiken we aan elkaar zoals op het Polynesische eiland Tuvalu?

Hij leunt naar voren om me een zoen op mijn wang

te geven terwijl ik op precies hetzelfde moment beleefd mijn hand uitsteek, wat inhoudt dat ik hem per ongeluk hard in zijn maag prik.

Dat is een goeie, Harriet. De Heimlich-manoeuvre. Een traditionele romantische begroeting.

'Mmm,' mompel ik nerveus. 'Ja, "White Christmas" is echt een liedje dat je niet te snel moet spelen. Knap dat hij het op een pylon kan.'

Even lijkt het of Nick het niet begrijpt, maar dan kijkt hij om en lacht. 'Ik bedoelde dat we allebei te vroeg zijn. Maar je hebt gelijk, die muzikant is steengoed. Hij schijnt zichzelf Big Jam te noemen.'

Zenuwachtig knik ik. 'C-cool. Ik ben ook dol op jam. Aardbeien is mijn lievelingssmaak. In de Verenigde Staten staat aardbeienjam op de tweede plaats, na druiven, maar boven frambozen.'

Dan knipper ik met mijn ogen. Waar kwam dat vandaan?

Geen enkel damesblad heeft ooit gesuggereerd dat je moest openen met wat statistieken over Amerikaans broodbeleg.

'Ik ging ervan uit dat het een woordspeling was,' lacht Nick. 'Iets met een jamsessie.'

Chippies. Dat is natuurlijk zo.

Ik maak me gewoon te veel zorgen om op dit moment

muzikale woordspelingen te kunnen waarderen. In plaats daarvan schraap ik mijn keel en kijk ik ongemakkelijk naar de grond, terwijl mijn hersenen in paniek op zoek gaan naar iets om de situatie te redden.

Snel, Harriet. Je bakt er nu al niets van.

Vergeet Annabel, ga nu niet improviseren. Hou je aan plan A voordat je alles verpest.

Bevend haal ik diep adem, grijp in gedachten de lijst uit de prullenbak en probeer me wanhopig zo veel mogelijk te herinneren. Dan gooi ik gehoorzaam mijn hoofd achterover en giechel zo woest als ik kan.

'Jam!' roep ik zo hard mogelijk en fladder zo snel met mijn wimpers dat mijn ogen beginnen te tranen. 'Jemig, Nicholas Hidake, wat ben je toch hilarisch.'

Vervolgens vink ik in mijn hoofd een paar punten af.

1. Lach om al zijn grapjes. √
2. Gebruik zijn volledige naam. √
3. Zoek een excuus om hem aan te raken. √

Gelukkig heb ik dat laatste punt een paar minuten geleden al afgehandeld toen ik probeerde met mijn vingers zijn maag los te wrikken.

'Eh.' Nick knippert met zijn ogen. 'Ik had hem niet bedacht, maar bedankt.'

'Geen dank,' zeg ik stijfjes. Dan slik ik moeizaam. 'Verder... vind ik je biceps erg...' *Doorschoten met myofilamenten? Met pezen aan het bot bevestigd? Noodzakelijk om je arm te kunnen bewegen?* 'Bicepserig.'

Nicks wenkbrauwen schieten omhoog. *Bicepserig.* Dat zou een leuke naam zijn voor een babybizon.

Dan tel ik snel *één olifant, twee olifant*, kijk weg en dan weer terug en in een hoek van dertig graden omhoog.

4. Geef hem een complimentje. √
5. Steel zijn hart door twee seconden weg te kijken. √

'Opnieuw bedankt,' zegt Nick, als we verder lopen, de bekende tunnel in. 'Ik ben... eh... geboren met spieren in mijn bovenarmen. Net als de meeste mensen.'

Gelukkig heb ik al iets roods aan.

Nat en ik hebben wetenschappelijk bewijs gevonden dat mensen aantrekkelijker zijn wanneer ze rode kleding dragen. Oké, er stond *een rood jurkje* en ik had alleen maar een rode trui en muts, maar het komt op hetzelfde neer.

Plus de kleur van mijn wangen – alweer iets waar ik me geen zorgen over hoef te maken.

'En,' zeg ik en ik pak een pluk van mijn haar, voor ik besef dat het te kort is om verlegen mee te frunniken, 'je komt uit Australië en je bent 187,96 centimeter lang. Welke vind je beter, de Fashion Week van Madrid of die van Parijs?'

6. Betover hem met informatie over zichzelf. √
7. Zoek iets wat jullie gemeen hebben. √

Het enige wat ik kon bedenken was dat we allebei model zijn.

Laten we hopen dat hij het gesprek nu overneemt, want mijn kennis over mode is nu wel uitgeput.

'Harriet,' fronst Nick, als we de trappen naar het Science Museum op lopen, 'is alles goed met je? Je bent een beetje...'

Aantrekkelijk? Verleidelijk? Op een indrukwekkende maar tegelijkertijd subtiele manier onweerstaanbaar?

'... anders dan anders,' besluit hij.

O mijn god. Ik heb die lijst vast niet goed in mijn hoofd. Misschien moet je alles in een bepaalde volgorde doen en werkt het anders niet.

'Het gaat prima!' piep ik. Als je het niet meer weet, biedt de wetenschap altijd houvast. 'Heb je wel gezien dat mijn pupillen waarschijnlijk geheel verwijd zijn? Bovendien denk ik echt dat ik waanzinnig veel witte bloedlichaampjes heb.'

Wat allebei onweerlegbare biologische signalen zijn van het feit dat ik zo hard aan het flirten ben als ik kan.

We staan boven aan de trap, bij de uitgang van het metrostation.

De lucht is zo koud dat ik zie hoe onze adem als drakenpufjes voor ons uit zweeft. Ik kijk zo veel mogelijk naar de grond en mijn hele gezicht en mijn oren tintelen en branden. Volgens mij komt dat niet door het weer.

Dit is geen ramp, dit begint razendsnel uit te groeien tot de date-versie van de builenpest, waar in de veertiende eeuw 60 procent van de Europese bevolking aan stierf. Daarmee was het een van de dodelijkste rampen die ooit op aarde heeft plaatsgevonden.

Nick, die normaal zo ontspannen is, heeft er volgens mij nog nooit zo nerveus uitgezien. Het lijkt of hij ergens anders wil zijn.

En dan maakt het niet uit waar.

'Harriet,' zegt Nick langzaam. Fronsend buigt hij een beetje naar voren zodat hij mijn gezicht kan zien. 'Wat is er? Heb je hier eigenlijk niet zo'n zin in?'

'N-n-nee,' stamel ik geschrokken. Denkt hij dat ik deze date met opzet laat mislukken? 'Ik bedoel ja. Ik bedoel: natuurlijk heb ik...'

Dan hou ik plotseling mijn mond.

En dat doe ik niet omdat ik me zorgen maak dat ik nog meer stomme dingen ga zeggen of nog veel belachelijker dingen ga doen of dat ik deze situatie nog verder de soep in help. Ook niet omdat ik bang ben dat ik een magische, romantische band nog verder om zeep ga helpen dan ik tot nu toe heb gedaan.

En niet eens omdat ik denk dat deze afgrijselijke, vernederende date nog slechter zou kunnen gaan.

Welnee.

Ik hou mijn mond omdat ik net zo'n vijf meter naar rechts luid 'Jingle Bells' heb gehoord.

Dit is het absolute einde.

12

Ik geloof dit gewoon niet.

Wat dus meteen het probleem is.

Ik had deze date-ramp van kilometers ver moeten zien aankomen. Ik begin het idee te krijgen dat ik me met de verkeerde dingen heb beziggehouden.

'Wat is er?' vraagt Nick, als ik me zo snel omdraai dat ik nog net een blauwe gymp met een pianoveter achter een pilaar zie verdwijnen. 'Wie is dat?'

En dan geef ik het officieel op.

Het was leuk om een minuut of drieënhalf een liefdesleven te hebben. Ik zal het missen.

'Het spijt me, Nick,' mompel ik en ik leg even een hand over mijn ogen. 'Alles.'

Dan haal ik diep adem, wijs de tegenovergestelde kant op en zeg luid: 'Kijk eens, liep daar nu een *Panthera pardus orientalis* langs?'

En daar komt Toby tevoorschijn.

Ken je dat muziekje in *Jaws*, dat je elke keer hoort als de haai in de buurt van een slachtoffer komt?

Deze kerst heeft mijn stalker zijn eigen versie.

Alleen heeft hij in plaats van *dum-dum, dum-dum, dum-dum* een pluizige witte trui die keihard 'Jingle Bells' speelt.

De afgelopen drie dagen hoor ik het elke keer als Toby per ongeluk een abrupte beweging maakt.

'Waar?' roept Toby opgewonden en hij draait rond. 'Er zijn nog maar twintig volwassen amoerpanters in leven, Harriet Manners. Het is dus heel onwaarschijnlijk dat er een in Kensington rondloopt, maar stel je voor.'

Zijn haar ligt plat tegen zijn hoofd, zijn bruine ribbroek zit onder de bladeren en zijn neus ziet er bijzonder nat uit. Ik weet niet wat ik in een vorig leven heb uitgespookt om deze beslissende nagel aan mijn date-doodskist te verdienen, maar: het spijt me.

Het is vast iets heel ergs geweest.

'Toby,' sis ik. 'Wat doe je hier?'

'Ik kijk of alles goed met je gaat,' antwoordt hij. Hij veegt zijn neus af aan de mouw van zijn trui en laat een lang, glanzend spoor van snot achter. 'Ik wil niet dat je aan een of andere totale mafkees blijft plakken.'

Mijn hoofd barst nog eens uit elkaar van de ironie.

'Ja,' zeg ik scherp, en ik kan mijn date niet eens meer aankijken, 'bijvoorbeeld zo'n mafkees die me tot helemaal in Londen stalkt.'

'Precies. Je kunt tegenwoordig niet voorzichtig genoeg zijn.' Dan steekt Toby vrolijk zijn hand uit naar Nick. 'Hallo. Ik ben Toby Pilgrim, stalker en vriend van Harriet. De rest van je leven hou ik je in de gaten. Volgens mij zijn we nog niet aan elkaar voorgesteld.'

Opnieuw weerklinkt 'Jingle Bells'.

Ik had me niet gerealiseerd dat er ook knipperende lampjes in de vorm van een kerstboom op die trui zaten.

Maar dat ligt voor de hand.

'Nick.' Ik bloos. 'Je hoeft Toby niet te...'

'Hoi Toby,' zegt Nick warm en hij schudt hem de hand. 'Leuk je te ontmoeten. Heb je lang op ons staan wachten?'

'Een halfuurtje maar. Natalie zei tegen me dat ik vooral *niet* achter Harriet aan moest in de trein van 16.32 uur via Kings Cross naar South Kensington, dus toen wist ik dat ik een trein eerder moest nemen.'

Nat. Ik geloof gewoon niet dat mijn beste vriendin mijn stalker gebruikt om voor haar te spioneren.

'Goeie trui trouwens,' grijnst Nick en hij doet een stapje achteruit om hem beter te bekijken. 'Mijn tante heeft er een voor me gekocht die 'Stille nacht' speelt, maar ik heb hem nog niet aan gedurfd.'

Verrast kijk ik hem aan, maar hij kijkt er heel oprecht bij. Ik denk zomaar dat hij het niet over Yuka heeft.

'Je hebt wel een bepaalde moed en stijl nodig om muzikale mode te kunnen dragen,' stemt Toby zelfvoldaan in. 'Ik betwijfel of jij die hebt, Nicholas Hidaka. Bovendien weet iedereen dat 'Stille nacht' het minst coole kerstliedje is. Je had absoluut voor paal gestaan.'

'Toby.' Ik bloos nog iets harder als Nick in de lach schiet. 'Hou daarmee op.'

Bedroefd kijkt Toby neer op zijn nog altijd knipperende buik. 'De technologie heeft me opnieuw in de steek gelaten.'

Krijg nu toch...

Met een berustend zuchtje leun ik naar voren en druk op het uitknopje, zodat hij in ieder geval de komende paar minuten niet meer pulseert. 'Oké, ik zal het nog een keer proberen,' zeg ik, iets vriendelijker nu. 'Ben je klaar, Toby?'

Dan werp ik hem een blik toe waaruit maar al te duidelijk *Je bent klaar, Toby* spreekt.

'Nog niet helemaal,' antwoordt hij opgewekt. 'Maar het duurt niet lang meer.' Terwijl hij zijn neus een paar keer uiterst vochtig ophaalt, pakt hij een schrijfblok en pen uit zijn schildpadvormige tas en wendt zich tot Nick.

In Groot-Brittannië vinden elk jaar 1300 woningbranden plaats die zijn veroorzaakt door onbeschermde kaarsen, en de meeste daarvan zijn in december. Eerlijk gezegd begin ik te beseffen dat Kerstmis eigenlijk een ongelooflijk gevaarlijke tijd in het jaar is.

Ik sta ook op het punt om in vlammen op te gaan.

'Klaar?' vraagt Toby en hij geeft Nick scherpe prikjes met zijn pen. 'Ik geef geen halve cijfers of punten voor de moeite, dus je zult je moeten concentreren.'

Ik schrik me een hoedje als ik in keurige vulpenletters *De Harriet Manners-test voor aanvaardbare huwelijkskandidaten* boven aan de pagina zie staan. Ernaast staat een hoge hoed getekend.

En iets wat veel wegheeft van een zeehond met een snor.

Plus een blauw ruimteschip.

Nee. Dit is niet echt. Nee. Nee nee nee nee neeneeneeneeneeNEENEENEENEE...

'Vraag één,' zegt Toby met een brede glimlach. 'Wie was Gary Gygax?'

13

Oké:

a) Bestaat er een 'Daten met Harriet'-test?
b) Is het raar dat ik er zelf eigenlijk ook aan mee wil doen?

'Nee nee nee,' piep ik luid, en ik spring naar voren en probeer het schrijfblok uit Toby's handen te grijpen. 'Nick, je hoeft hier echt niet...'

'Gary Gygax was de uitvinder van Dungeons & Dragons,' zegt mijn date met een lachje. 'Volgende vraag.'

Met mijn hand nog in de lucht stop ik, verbijsterd.

Hè?

'Prima,' zegt Toby terwijl hij een aantekening maakt. 'Welk woord was tussen 1975 en 1996 officieel het eigendom van Marvel Comics?'

Nick fronst. '*Zombie*. Ze bezitten ook *thwip*, het geluid dat Spiderman maakt wanneer hij een web afschiet, en *snikt*, van de klauwen van Wolverine.'

Dan haalt hij met een ironisch *wat?*-gebaar zijn schouders naar me op. 'Ik ben een stripfan,' legt hij bescheiden uit. 'Toen ik tien was heb ik er iets van tweehonderd geërfd.'

'Dat is een punt,' zegt Toby en hij krabbelt iets neer. 'Maar je krijgt geen bonuspunten. Volgende vraag: Wie zou je liever zijn in een gevecht, Asterix of Popeye?'

'Vóór de spinazie Asterix, na de spinazie Popeye.'

Vinkje. 'Zou je ooit witte sokken aandoen bij zwarte schoenen?'

Ik zie dat dit een ander handschrift is. Deze komt vast en zeker van Nat.

'Ja, hoor. Als ik geen zwarte kan vinden, neem ik een andere kleur.'

Dat levert hem een kruis op. 'Welke afdeling op Zweinstein?'

'Griffoendor.' Nick grimast en trekt een gezicht naar me wanneer ik een Ravenklauw-kreuntje laat horen. 'Sorry.'

Chippies. Ik wist dat niemand perfect was.

'Ha!' roept Toby triomfantelijk. 'Dan mogen we geen van beiden bij Harriet zijn! Ik ben Huffelpuf.'

Het lijkt erop dat ik in mijn eentje aan het toveren moet: als je op haar gedrag moet afgaan, is Nat duidelijk Zwadderich.

'En, Nicholas,' vervolgt Toby, die er iets hoopvoller uitziet, 'kun je bewijzen dat er in de drie dimensies van ruimte en tijd, gegeven een initieel snelheidsveld, een vectorsnelheid en een scalair drukveld bestaan waarmee de Navier-Stokes-vergelijking wordt opgelost?'

Nick schudt zijn hoofd. 'Ik begrijp hier geen woord van.'

'Toby,' onderbreek ik hem. 'Dat is een van de millenniumprijs-problemen. Dit kan niemand bewijzen.'

'Je kunt er een miljoen dollar mee winnen,' fluistert Toby me dringend toe. 'Als hij het had geweten, hadden we dat geld kunnen verdelen.'

Kwaad kijk ik hem aan: ik vind het ongelooflijk dat hij geld wil verdienen ten koste van mijn liefdesleven. Dan draai ik me verbijsterd naar Nick.

Waarom staat hij daar nog steeds?

Waarom is hij niet gillend weggerend? Waarom heeft hij het nog niet opgegeven en is hij nog niet weggelopen? Waarom heeft hij Toby nog niet bespot, hem neerbuigend bekeken, hem uitgelachen, of hem veroordeeld omdat hij zo'n geek is?

Of mij, omdat ik met hem bevriend ben?

Dat hebben alle jongens op school immers stuk voor stuk gedaan, de afgelopen tien jaar. Ik viel meteen op Nick, maar Annabel had gelijk.

Nu vind ik hem *echt* leuk.

Maar als hij hier nog steeds staat... dan betekent dat vast dat hij mij ook leuk vindt. Misschien was het toch niet zo erg dat Toby ineens opdo...

'Nog één vraagje,' snuift Toby. Hij stopt het schrijfblok terug in zijn tas en slaat zijn armen over elkaar. 'Nicholas Hidaka, Japans-Australisch supermodel-met-krullen, besef je wel totaal en helemaal dat je een enorme geluksvogel bent?'

Oeps. Voor mijn beurt gepraat.

Elk jaar gaat de Kerstman door naar schatting 91,8 miljoen nauwe donkere schoorstenen naar binnen. Ik schaam me op dit moment zo afgrijselijk dat ik er maar al te graag in eentje zou verdwijnen.

Een gat in de grond mag ook, ik sta open voor suggesties.

'Toby,' kreun ik. Ik staar naar de grond terwijl ik me verbeeld hoe ik mijn wollen muts in zijn mond prop. 'Zoiets kun je niet zomaar aan iemand vra...'

'Natuurlijk,' zegt Nick alleen maar. 'Wie is er nu niet dol op een meisje dat allerlei cijfers over jam uit haar mouw weet te schudden?'

Verbaasd kijk ik op.

Hij knipoogt naar me.

'Dan ben je een waardig tegenstander, Nicholas,' zegt Toby tevreden. 'Ik kijk uit naar ons komende duel op leven en dood. Of misschien alleen een super-agressief potje schaken.'

'Top,' grijnst Nick. 'Dat doen we.'

Hij kijkt me liefdevol aan, alsof hij zeggen wil *Gaat het nu wat beter?*

Ik knik en geef hem een glimlachje terug dat *Ja, absoluut* betekent.

Dan haal ik die stomme date-lijst figuurlijk uit mijn hoofd, maak er voor de tweede keer deze middag een prop van en gooi hem in de vuilnisbak, waar hij hoort.

Annabel had gelijk.

Deze keer blijft hij daar liggen.

'Ik moet nu weg, ik ga zelfgemaakte *christmas crackers* maken,' zegt Toby vrolijk en hij maakt de bandjes van zijn tas vast. 'Als je ze in de winkel koopt, zitten er nooit objectglaasjes voor je microscoop in. Veel plezier met schaatsen!'

En zonder verdere plichtplegingen springt Toby de trap af, de tunnel in, als een klein Amerikaans haasje, met het geluid van 'Jingle Bells' achter zich aan.

14

Na deze laatste minuten moet ik over een heleboel dingen nadenken.

Waaronder:

a) Dungeons & Dragons
b) De millenniumprijs-problemen
c) *Schaatsen?*

Daar is maar één ding bij waar ik meteen iets aan moet doen.

'Maar', zeg ik verbaasd, terwijl ik opkijk naar de stenen ingang van het Science Museum, 'je zei... was er geen... je zei dat ik...'

Neem handschoenen mee.

O mijn god. Nick had het niet over rubberen handschoenen.

Gelukkig heb ik ze niet tevoorschijn gehaald.

'Nou, daar gaat mijn verrassing,' zegt Nick laconiek en hij bestudeert mijn verbijsterde gezicht. 'Had je dat nog niet geraden? Ik ging ervan uit dat je het al had gegoogeld, schaatsen had gereserveerd en misschien een of ander plan had geschreven.'

Hmmm, misschien kent Nick me echt beter dan ik had verwacht.

Ik heb alleen het verkeerde plan geschreven, meer niet.

'Nou...' verontwaardigd schraap ik mijn keel. 'Ik had het wel geraden als ik de juiste aanwijzingen had gekregen. Volgens mij speel je niet helemaal eerlijk op deze date.'

Nick lacht en legt zijn handen om mijn schouders.

Er schiet iets door me heen wat warm en zoet is. Zoals warme chocolademelk, of een gesmolten marshmallow of een latte met gember. Of iets anders heerlijks waar ik in de nabije toekomst hoogstwaarschijnlijk verslaafd aan raak.

Dan draait Nick me om en loopt de andere kant met me op.

Deze keer weet ik precies waar we naartoe gaan.

Er is één plek waar ik bijna net zo vaak geweest ben als in het Science Museum, en dat is het gebouw er direct naast. Dankzij verschillende dinosaurusfilms ben ik niet de enige.

'Kijk,' zegt Nick triomfantelijk als we de hoek om slaan.

Voor ons ligt het Natural History Museum.

Het bekende stenen gebouw rijst voor ons op zoals het al doet sinds ik heel klein was, met zijn oranje bakstenen en hoge, puntige torens, zuilen en bogen, rondingen en punten. Het is de perfecte mengeling van een oeroud universiteitsgebouw en een sprookjeskasteel uit de boeken.

Er zijn allerlei uit steen gehouwen dieren, die ik namen heb gegeven toen ik acht was: Topaas de aap, Malachiet de papegaai, Unakiet het hert, Labradoriet en Aventurijn de fazanten. (Mijn werkstuk uit groep vijf over halfedelstenen heeft duidelijk indruk gemaakt.)

Binnen ligt de recentelijk ontdekte schedel van een berberleeuw, die 700 jaar geleden in een kooi zat in de Tower. Je vindt er een reuzenvlinder met kogelgaten in zijn vleugels, de eerste geologische kaart van Groot-Brittannië en een gigantische pijlinktvis van 8,62 meter lang.

Het meest complete stegosaurusfossiel dat ooit is gevonden ligt hier ook, plus de diplodocus die ervoor zorgde dat ik geobsedeerd raakte door dinosaurussen.

Het is een van de plekken in Londen waar ik het meest van hou.

Maar voor het eerst in ruim tien jaar is er ook iets anders. Wat altijd bekend en veilig terrein was, is plotseling weer nieuw en fris.

Alsof ik hier nog nooit van mijn leven ben geweest.
Alsof ik opnieuw verliefd word op deze plek.

Overal zie je lichtjes.

Het groen van het gras is vervangen door een enorme rechthoek van wit ijs, die knalpaars opgloeit. Fijne lijnen lopen er kriskras overheen als de plooien in de palm van een hand.

Aan de randen hangen duizenden piepkleine kerstboomlampjes. Ze zijn om de takken en de stammen van de bomen gewonden en om de randen van de ijsbaan, als een ingewikkeld, lichtgevend spinnenweb. Een grote draaimolen met alle kleuren van de regenboog draait zijn gekleurde paardjes rond – rood en blauw, geel en roze, groen en oranje.

In het midden staat een reusachtige spar, die versierd is met witte lampjes en kleine rode balletjes, zilveren belletjes en gouden strikken: hij glanst en staat wijs te knikken.

Frank Sinatra zingt 'Have Yourself a Merry Little Christmas'. Er klinken violen en het getinkel van een piano.

En op het ijs zie je groepjes mensen.

Ze giechelen en hebben lol, ze draaien rondjes en houden elkaars hand vast, ze glijden en lachen en zingen.

We weten dat schaatsen het oudste door menskracht

aangedreven vervoer ter wereld is. Het is drieduizend jaar geleden uitgevonden in Finland, en in die tijd werden schaatsen gemaakt van dierenbotten en leer.

Maar we begrijpen nog steeds niet hoe het werkt.

Sommige onderzoekers denken dat de druk van de ijzers de bovenste laag van het ijs laat smelten. Anderen denken dat ijs een van nature instabiele laag moleculen heeft die door elkaar over het oppervlak bewegen, waardoor het moeilijk is om wrijving te creëren. Het enige waar de meeste mensen het over eens zijn is dat ijs echt onwijs glad is.

Ik denk dat iedereen die op dit moment op het ijs ligt dat kan beamen.

Ik kijk om naar Nick.

Zijn gezicht weerkaatst het paarse licht, als een idioot knappe Dino uit de *Flintstones*.

Echt, hij had geen betere plek kunnen uitkiezen om me mee naartoe te nemen.

Maar... je kunt zo veel dingen doen op een eerste date...

Waarom gaat de jonge leeuw dan voor *uitglijden*?

Een beetje angstig draait hij zich naar me om en steekt zijn handen uit. 'Verrassing!'

15

Wat ik zo fantastisch vind aan mensen is dit:

We zijn geen cadeautjes.

Je kunt ons niet netjes inpakken, een strik om ons heen doen en ons dan aan iemand geven. Je kunt ons niet openmaken en alles eruit halen. Je kunt niet in één keer zien wie we zijn.

Eigenlijk kom je daar nooit achter.

Mensen blijven je verrassen.

Als we naar de baan toe lopen, wordt het plotseling zo koud dat onze adem in witte regenwolkjes voor ons blijft hangen.

Onze kaartjes zijn al gereserveerd, dus halen we ze af bij de kassa, geven ze aan een man met gele handschoenen aan en pakken onze knalblauwe schaatsen. Ze zijn een beetje stijf en plakkerig en ze ruiken als de oude teddybeer die mijn vader al veertig jaar op zolder bewaart.

Toch trekken we ze aan en maken zwijgend de veters vast.

Nick kijkt naar mijn blozende gezicht.

'Maak je geen zorgen,' zegt hij met een grijns, terwijl hij zijn zwarte handschoenen weer aandoet. 'Het is niet zo moeilijk als het eruitziet.'

Ik steek mijn handen in mijn rode wanten en knik. 'Mmm.'

'Je hoeft alleen maar je evenwicht zien te houden op bevroren water. Makkie.'

Ik kijk door het raampje naar een meisje dat op haar rug ligt en hulpeloos met haar armen ligt te spartelen.

Nick lacht en staat op. 'We gaan samen, goed?'

Hij geeft een kneepje in mijn hand en verward kijk ik naar hem en dan naar mijn rode want. Ik wilde hem net iets vertellen, maar nu ben ik vergeten wat het was.

Het warme-chocolademelkgevoel is terug.

Deze kerst hoeft de centrale verwarming niet aan: als het zo doorgaat kan ik met de warmte die in mijn borstkas klopt het hele land van energie voorzien.

Engeland hoeft het nooit meer koud te hebben.

'Klaar?' zegt Nick, wanneer we onhandig waggelend, als pinguïns op hoge hakken, op weg gaan naar het ijs. 'Blijf maar bij mij in de buurt.'

En samen stappen we het ijs op.

16

Het duurt maar een paar seconden.

Ik adem diep in, hou me met beide handen vast aan de kant en staar naar het ijs, dat glanzend voor me ligt.

Met een zucht blaas ik uit en zie mijn adem de lucht in gaan.

Dan laat ik los en begin voorzichtig te bewegen.

Eerst langzaam verplaats ik mijn gewicht van de ene voet op de andere. Met mijn ijzers in een V-vorm, waarbij de achterkanten elkaar raken, duw ik ze naar buiten en haal ik ze weer terug, zodat mijn voeten vloeiend de vorm van een visgraat maken.

Als de snelheid begint toe te nemen, buig ik mijn knieën en ga ik in de hoek pootje over.

Dan maak ik op één been soepel een bocht.

Met een sprongetje draai ik om en schaats een stukje achteruit.

Een mini-spiraaltje.

En wanneer ik echt begin te vliegen en als een otter tussen de andere schaatsers door schiet, voel ik het.

Die koude, schone geur. Mijn hijgende ademhaling.

Het suizen van de ijskoude lucht tegen mijn warme wangen. De onverwachte vrijheid.

Een bel van gewichtloosheid.

Binnen in me zet hij uit totdat het voelt alsof ik van schuim gemaakt ben, alsof ik nog maar één stap hoef te nemen en ik zo de lucht in zweef.

Plotseling slaak ik een kreet van vreugde.

'Nick!' Stralend draai ik me met een keurig bochtje om en kom met een ongelooflijk fijn *woesj*-geluidje tot stilstand.

Recht achter me gilt een meisje van paniek. Ze draait rondjes met haar handen en valt dan keihard op de grond.

Oeps.

Ik maak mijn excuses, help haar overeind en knipper dan met mijn ogen. Nick? Ik dacht dat hij achter me aan kwam. Hij zei dat we bij elkaar zouden blijven.

Maar waar is hij dan?

Ongerust kijk ik de baan af, en uiteindelijk zie ik hem: hij klampt zich nog steeds vast aan de rand waar we begonnen, met om zich heen een groepje mensen in dezelfde houdingen. Ze zitten allemaal tegen de zijkant geplakt zoals van die rubberen poppetjes die je tegen de muur kunt gooien.

Ik schaats zo snel mogelijk terug.

'Nick?' herhaal ik verrast, wanneer hij opkijkt. Zijn benen zijn gekruist en zijn gezicht zit zo ongeveer tegen de rand geplakt. Zijn handen, die meer op klauwen lijken, houden zich krampachtig vast aan de leuning en elke keer als hij wrijving probeert te krijgen schieten zijn voeten een eindje verder weg.

Zijn normale elegantie is verdwenen en heeft plaatsgemaakt voor ongemakkelijkheid. Lompheid. Gebrek aan coördinatie en controle.

Een vaag gevoel van vernederde paniek.

Het is net of je naar een kwal staat te kijken die plotseling opstaat en probeert een eind te lopen voordat hij zich herinnert dat hij helemaal geen poten heeft.

En het komt me verbijsterend bekend voor.

Alleen dan natuurlijk andersom.

'Hoi,' zegt Nick. Hij krabbelt overeind, maar het enige wat hij bereikt is dat hij in een iets andere rubberachtige houding eindigt. 'Wat is dit leuk, hè?'

Zijn benen staan een eind uit elkaar, zijn wangen blozen en zijn muts is over één oog gezakt. Aan één kant van zijn hoofd staan alle zwarte krullen overeind. Zijn neus is glimmend rood, zijn groene sjaal is losgegaan en ik heb hem nog nooit zo ontzettend niet-cool en niet-beheerst gezien.

En zo helemaal schattig.

'Nick,' vraag ik, nog steeds geschrokken, 'kun je niet schaatsen?'

Hij schraapt zijn keel en probeert weer op te staan. Door die beweging draait hij een rondje, zodat hij weer aan de kant hangt, alleen nu met zijn gezicht de andere kant uit.

'Blijkbaar niet,' zegt hij spottend over zijn schouder. 'Het is net zo moeilijk als het eruitziet. Hoe kon ik dat weten?'

'Wacht even. Heb je nog nooit eerder geschaatst?'

'Ik kom uit een klein stadje in Australië,' zegt hij, terwijl hij met een vertrokken gezicht naar me opkijkt. 'Daar hebben we niet zo veel ijs. Ik dacht dat ik het gaandeweg wel zou oppikken.'

Verbijsterd staar ik hem aan.

Ik geloof dit gewoon niet.

Staat hij me nu te vertellen...

Begrijp ik het goed en is...

Wacht.

Heb ik voor de eerste keer de overhand in een romantische situatie? Mag ik *hem* nu vertellen wat hij moet doen?

Jemig.

Ik wil natuurlijk niet al te zelfvoldaan of triomfantelijk of gemeen klinken.

Maar dit is de beste eerste date aller tijden.

Met een (volslagen overbodig) luchtsprongetje glijd ik vol zelfvertrouwen dichter naar Nick toe en stop daar met een prachtige draai. 'Kom maar,' zeg ik stralend tegen hem. 'Ik help je wel.'

En ik steek mijn handen uit.

17

Hier komt het meest romantische kerstweetje dat ik ken:

In 1913 kreeg een stelletje in New York een boete van vijftien dollar omdat ze elkaar op Eerste Kerstdag op straat zoenden.

Als je de inflatie meerekent komt dat neer op $360,31 of £231 omdat ze elkaar tijdens de feestdagen een pakkerd gaven.

Ik begrijp volkomen hoe die mensen zich voelden, meer dan honderd jaar geleden.

Op dit moment zou ik het een uitstekende investering vinden.

Met elke seconde die voorbijgaat wil ik de jonge leeuw een heel klein beetje meer zoenen.

Hij is echt de slechtste schaatser op deze planeet.

En dan tel ik Bambi, een echte leeuw en een kat die ik op YouTube een vijver heb zien oversteken mee in mijn beoordeling.

Wanneer ik zijn handen voor de eerste keer beet wil pakken, draait hij op een of andere manier een rondje, grijpt in het luchtledige en landt met een luide *oempf* op zijn achterste.

'Alles goed?' vraag ik dringend, terwijl ik me naar hem toe buig.

'Lichamelijk wel,' grijnst Nick schaapachtig. Hij doet zijn muts af en gaat met zijn hand door zijn steeds maffere krullen. 'Maar mijn trots is waarschijnlijk niet meer te repareren.'

De tweede keer eindigt hij op onverklaarbare wijze met zijn gezicht tegen de zijkant en een hand om de enkel van een andere jongen.

'Sorry,' mompelt hij, waarna hij zijn keel schraapt en zegt: 'Ik wou alleen even zeggen dat je ontzettend mooie sokken aan hebt. Is dat kasjmier?'

Zijn grapje wordt beantwoord met 'Wat moet je?'

Het schijnt dat je elke dag minimaal twintig minuten moet lachen om een lang en gezond leven te hebben.

Ik haal de driehonderdzeven wel.

Bij de derde poging eindigt Nick met een luid, uit een tekenfilm afkomstig *Wooh, wooh wooooohhhh* op de grond, terwijl hij molenwiekend met zijn armen zwaait zonder vooruit te komen. Ik giechel zo hard dat er een opvallend luide snuif uit mijn mond komt.

'Harriet,' lacht Nick als ik me naar hem toe buig om hem te helpen, 'knorde jij nu net?'

'Nee,' knor ik weer, terwijl ik tevergeefs probeer om hem overeind te krijgen en hem in plaats daarvan over het ijs sleep als een onbestuurbare kerstslee. 'In Zweden noemen ze het geknor van een varken een *noff*. Misschien ben ik wel aan het *noffen*.'

'Of aan het *buu-buu*'en, zo heet het in het Japans.'

'In het Albanees zeggen ze *hunk*.'

'Goh, dankjewel,' lacht Nick. 'Zelf mag je er ook best zijn, Manners.'

We lachen nu allebei zo hard dat mijn buik pijn begint te doen en we moeten even pauzeren zodat we bij kunnen komen.

Eindelijk.

Ik heb eindelijk een jongen gevonden die varkens uit andere landen net zo romantisch vindt als ik.

Met hulp van mij, een van de zijkanten en een aardige voorbijganger met een hogere BMI slaagt Nick er uiteindelijk in om wankelend rechtop te gaan staan. Hij houdt mijn handen stevig vast om in evenwicht te blijven.

Dan schraapt hij zijn keel.

'Manners,' zegt hij, een beetje wiebelend, 'ik moet je iets opbiechten. Dit gaat helemaal niet zoals ik het had gepland.'

'Had je gedacht dat we samen over het ijs zouden zwieren en dat je me nu al heel casual zou kunnen optillen?'

'Ja, zoiets. En dat ik in mijn eentje in het midden van de baan pirouettes zou draaien, terwijl jij vol bewondering stond toe te kijken.'

'En dat je tegelijkertijd de grote menigte toeschouwers kushandjes zou geven?'

'Precies. En dat ik misschien tussendoor heel hoge sprongen zou maken om de voorbijgangers te laten zien hoe assertief en flexibel ik ben.'

Opnieuw beginnen we allebei te lachen.

'Maar serieus,' zegt hij. Hij schudt zijn hoofd, waardoor hij begint te wankelen. 'Ik dacht dat ik je hier mee naartoe nam omdat het zo romantisch is.'

Ik kijk om me heen.

Op de achtergrond is Frank Sinatra nog steeds aan het zingen. De draaimolen draait. De boom glinstert. De geuren van karamel-appels en kaneel drijven over de baan en de witte lampjes glanzen op het ijs.

Tot zover klopt alles.

'Maar...' hij kucht, '... ik begin me af te vragen of ik je hier eigenlijk niet mee naartoe heb genomen omdat ik diep vanbinnen dacht dat je niet kon schaatsen en dat ik daarom de eh... held zou kunnen uithangen.'

Ik schiet in de lach.

Het is niets voor mij, maar dat wist ik al. Ik besefte het zodra we hier aankwamen.

En jij dacht ook dat het zo zou gaan, of niet?

Maar doordat ik als heel jong meisje geobsedeerd was door Disney On Ice, heb ik voor mijn verjaardag een jaar schaatslessen gekregen en heb ik elke woensdagavond braaf geoefend.

Oké, zo heel jong was ik eigenlijk niet meer.

Het was anderhalf jaar geleden.

Wat ik wil zeggen is: ik ben niet belachelijk slecht in elke lichamelijke activiteit die er ooit is uitgevonden. Alleen maar in de meeste. (Daarbij draag ik natuurlijk sinds mijn vijfde al gympen met ingebouwde wieltjes. Ik wist dat die ooit nog goed van pas zouden komen.)

Op Nicks gezicht zie ik nu een combinatie van teleurstelling, schaamte en de wens om in het dichtstbijzijnde gat in de grond te kruipen dat hij kan vinden. 'Ik ben een idioot, hè?'

Zoals ik al heb gezegd: mensen kunnen je altijd verrassen.

En dat geldt ook voor de jonge leeuw.

'Yep,' stem ik met een brede glimlach in en ik geef zijn handen een kneepje. 'Je bent nu officieel een idioot.'

Voor het eerst voelt het alsof we op gelijke voet staan.

Letterlijk. Als hij valt, val ik ook.

'Je moest eigenlijk nee zeggen,' lacht Nick en hij knijpt terug. 'Ik vind niet dat je goed meewerkt aan deze date, Harriet.'

'Iedereen is weleens een idioot. Ik ben alleen blij dat jij nu eens aan de beurt bent.'

Nick brult van het lachen. 'Ik wist niet eens dat bicepserig een woord was.'

Zogenaamd uitdagend hef ik mijn kin op. 'Dat je het maar even weet, Nicholas: de grote tweehoofdige spier in je bovenarmen heet *musculus biceps brachii*, dat zijn je spierballen. Het Latijnse *musculus* betekent *muisje*, en wanneer je die spier spant lijkt hij daar ook precies op. Dus het sloeg wel degelijk ergens op.'

We schieten allebei opnieuw in de lach en steken op precies hetzelfde moment onze tong naar elkaar uit.

Dan pakken we elkaars handen nog steviger vast.

Dit moment is perfect. Ik zou al mijn kerstcadeautjes meteen inruilen om maar hier te kunnen zijn waar ik nu ben.

Al zou ik het sneu vinden als de Kerstman alles weer mee terug moest nemen.

'Kom mee,' zeg ik met een grijns. Ik laat een van Nicks handen los en maak een handige draai, zodat ik weer met mijn gezicht naar de baan sta. We staan precies op de drukste plek en vlak bij ons zijn al twee mensen keihard op het ijs terechtgekomen. 'Laten we gaan schaatsen.'

18

Ik zal niet liegen.

Misschien hou ik Nicks hand inderdaad iets langer vast dan waarschijnlijk zou moeten. Misschien drukken we onze schouders inderdaad iets dichter tegen elkaar aan dan strikt noodzakelijk is.

Hij heeft zijn arm misschien iets te stevig om mijn middel geslagen dan voor zijn evenwicht nodig is.

Wat kan ik erover zeggen?

Als je iemand iets leert, moet je dat heel serieus nemen.

'En nu,' instrueer ik hem, wanneer hij voor de zoveelste keer enorm staat te wiebelen, 'moet je je zwaartepunt zoeken.'

Ik probeer de warmte niet te voelen als onze vingers elkaar raken. Ik heb op dit moment geen ruimte in mijn hoofd voor interessante weetjes over vingertoppen of zenuwuiteinden.

Ik moet al duizelig rondglijden.

'Ik snap het,' zegt hij met een diepe frons en hij komt

wankelend omhoog tot hij voorzichtig in een L-vorm vooroverbuigt.

'Rechtop staan,' suggereer ik. Voorzichtig duw ik tegen zijn onderrug en probeer de tinteling die weer recht door mijn hand schiet te negeren. 'Je staat erbij of je gaat surfen.'

'Dat doe ik ook,' zucht hij geduldig. 'Dat snap ik veel beter. Ik heb mijn water het liefst vloeibaar.'

Ik lach. 'Hou je ijzers recht naar voren, evenwijdig aan elkaar. Hou je gewicht in het midden, dan trek ik je vooruit.'

Hij knikt wanneer ik hem voorzichtig als een iets minder kapotte slee over het ijs sleep.

'Probeer je gewicht nu zo soepel mogelijk van de ene voet naar de andere voet te verplaatsen.'

Gehoorzaam doet Nick wat ik hem opdraag.

'Leun naar voren en hou de druk op de buitenkant van je ijzers.'

Dat doet hij, terwijl hij heel schattig gebiologeerd naar zijn voeten blijft staren, alsof het diertjes zijn die hij nog nooit heeft gezien.

'En nu: fluiten,' beveel ik. 'En doe de vogeltjesdans.'

Snel kijkt Nick op.

Dan klaart zijn gezicht op en barst hij plotseling in luid lachen uit. Precies hetzelfde heeft hij in Moskou tegen mij gezegd om me door mijn eerste fotoshoot heen te helpen.

Laten we eerlijk zijn: de kans dat ik ooit nog op voorsprong kom is heel klein. Dit kon weleens mijn enige kans zijn om het hem betaald te zetten.

'Ik ben bang dat het een heel zielig fluitje wordt,' zegt hij. Hij steekt zijn tong uit en zwaait met zijn armen. 'Het is steenkoud.'

Hij pakt mijn hand iets steviger vast.

Langzaam beginnen we de glanzende ijsbaan over te wankelen. In het begin blijven we aan de kant, maar naarmate hij meer zelfvertrouwen krijgt, wagen we ons ook op het middenstuk.

En als we snelheid winnen en in een natuurlijk ritme komen, voel ik dat Nick zich begint te ontspannen. Met elke soepele bocht en elke keurig getimede slag van onze schaatsen zie ik zijn gezicht langzaam opklaren. Net als dat van mij, wanneer ik iets nieuws leer.

Zoals het feit dat de grootste kous ter wereld 32 meter en 53 centimeter lang is en dat er duizend cadeautjes in passen.

Of dat er elk jaar alleen in de VS al ongeveer drie miljard kerstkaarten worden verstuurd.

Of dat de gemiddelde kerstboom vijftien jaar oud is.

Precies zo oud als ik nu ben.

En weet je wat?

Misschien moet iemand me nu gewoon in een hoek zetten. Ik straal zo van geluk dat niemand het verschil ziet.

Ten slotte, wanneer we buiten adem zijn, en doodmoe van het lachen, komen we bij de kerstboom tot stilstand. Waarbij we proberen om niet dwars door andere mensen heen te schaatsen natuurlijk.

Je hebt romantiek en je hebt in de weg schaatsen.

'Ik ben van gedachten veranderd,' grijnst Nick triomfantelijk en hij slaat zijn armen om me heen. 'Dit was een geniaal idee van me.'

Zijn muts is hij al een tijdje kwijt.

Zijn grove zwarte krullen zijn samengeklit en pluizen, zijn handschoenen zijn drijfnat, overal op zijn jas en broek zitten nog stukjes ijs en hij heeft deukjes in zijn lippen omdat hij er in opperste concentratie op heeft gebeten.

Dus help ik hem maar niet uit de droom.

'Nu we het toch over dates hebben,' lach ik, 'waar is het meisje met de roze schoenen? Hebben we hier met haar afgesproken?'

'Niks ervan,' grijnst Nick en hij trekt me iets dichter naar zich toe. 'Ik heb haar afgezegd. En jouw date met Victor Hugo morgen?'

'Voor eeuwig uitgesteld.' Ik schud mijn hoofd. 'Hij is in 1885 gestorven, dus het was niet zo heel moeilijk om hem te laten zitten.'

Nick schatert. Dan legt hij een vinger onder mijn kin en tilt die op. 'We zijn een goed team samen, Harriet Manners.'

En als ik naar hem opkijk en het limoengroene luchtje opvang dat al vertrouwd aanvoelt, het moedervlekje op zijn wang dat ik zo kan natekenen – besef ik dat dat inderdaad zo is.

Op een of andere manier houden we elkaar in evenwicht.

Als Nick uitglijdt, kan ik hem weer overeind helpen. Als ik in paniek raak, begrijpt hij hoe hij me weer van de stoep krijgt.

We kunnen met elkaar lachen.

En als ik met schaatsen en al op mijn tenen ga staan en de jonge leeuw zich naar me toe buigt, voel ik me alsof alle kerstlichtjes in Londen tegelijk aan gaan. Ze geven zo veel licht dat ik van top tot teen licht geef, wel een miljoen watt.

Want ik heb me plotseling gerealiseerd dat ik geen enkel gênant moment uit dit verhaal zou willen veranderen. Elke keer dat ik mezelf was, ben ik dichter bij Nick gekomen en al onze verschillen houden ons bij elkaar.

Dus ook al wankelen we, iets zegt me dat het goed komt.

En deze zoen is nog maar het begin.

© Foto: Georgina Bolton King

Holly Smale is de schrijfster van *Geek Girl, Geek Girl blundert door, Perfect plaatje, Gouden bergen, Geek Girl bekent kleur* en *Geek Girl pakt uit*. Als onhandige, geeky en verlegen tiener zat ze op school meestal verstopt in de toiletten bij de gymzaal. Op haar vijftiende werd ze geheel onverwacht ontdekt door een groot Londens modellenbureau. De twee jaar daarna bracht ze voornamelijk door met struikelen op catwalks, vuurrood worden en dure dingen breken die ze niet kon vergoeden.
Holly studeerde Engelse literatuur aan de universiteit in Bristol en promoveerde op Shakespeare. Tegen de tijd dat ze afstudeerde, was ze opgehouden met modellenwerk en had ze besloten schrijfster te worden. Momenteel werkt Holly aan het zesde en laatste deel van de *Geek Girl*-serie.